Diogenes Taschenbuch 250/20

Friedrich Dürrenmatt

Werkausgabe
in dreißig Bänden

Herausgegeben
in Zusammenarbeit
mit dem Autor

Band 20

Friedrich Dürrenmatt

Der Hund
Der Tunnel
Die Panne

Erzählungen

Diogenes

Umschlag: Detail aus ›Flucht I‹ von Friedrich Dürrenmatt.
Der Hund erschien erstmals 1952 im Sammelband ›Die Stadt. Prosa I – IV‹ im Verlag der Arche, Zürich.

Der Tunnel erschien erstmals 1952 im Sammelband ›Die Stadt. Prosa I–IV‹ im Verlag der Arche, Zürich. Die vorliegende bearbeitete Fassung von 1978 erschien erstmals 1978 im ›Friedrich Dürrenmatt Lesebuch‹ im Verlag der Arche, Zürich.
Die Panne erschien erstmals 1956 im Verlag der Arche, Zürich.
Die Texte wurden für diese Ausgabe durchgesehen und korrigiert. Redaktion: Thomas Bodmer.

Berechtigte Lizenzausgabe mit freundlicher Genehmigung
der Verlags AG ›Die Arche‹, Zürich

120/80/8/1
ISBN 3 257 20850 2

Inhalt

Der Hund

Eine Erzählung
1951

Schon in den ersten Tagen, nachdem ich in die Stadt gekommen war, fand ich auf dem kleinen Platz vor dem Rathaus einige Menschen, die sich um einen zerlumpten Mann scharten, der mit lauter Stimme aus der Bibel las. Den Hund, den er bei sich hatte und der zu seinen Füßen lag, bemerkte ich erst später, erstaunt darüber, daß ein so riesiges und entsetzliches Tier meine Aufmerksamkeit nicht auf der Stelle erregt hatte, denn es war von tiefschwarzer Farbe und glattem, schweißbedecktem Fell. Seine Augen waren schwefelgelb, und wie es das riesige Maul öffnete, bemerkte ich mit Grauen Zähne von ebenderselben Farbe, und seine Gestalt war so, daß ich sie mit keinem der lebenden Wesen vergleichen konnte. Ich ertrug den Anblick des gewaltigen Tieres nicht länger und wandte meine Augen wieder dem Prediger zu, der von gedrungener Gestalt war, und dessen Kleider in Fetzen an seinem Leibe hingen: doch war seine Haut, die durch die Risse schimmerte, sauber, wie denn auch das zerrissene Gewand äußerst reinlich war: Kostbar jedoch sah die Bibel aus, auf deren Einband Gold und Diamanten funkelten. Die Stimme des Mannes war ruhig und fest. Seine Worte zeichneten sich durch eine außergewöhnliche Klarheit aus, so daß seine Rede einfach und sicher wirkte, auch fiel es mir auf, daß er nie Gleichnisse brauchte. Es war eine ruhige und unfanatische Auslegung der Bibel, die er gab, und wenn seine Worte doch nicht überzeugten, so rührte dies nur von der Erscheinung des Hundes her, der unbeweglich zu seinen Füßen lag und die Zuhörer mit seinen gelben Augen betrachtete. So war es denn vorerst die seltsame Verbindung des Predigers mit seinem Tier, die mich gefangennahm und mich verführte, den Mann immer wieder aufzuspüren. Er predigte jeden Tag auf den Plätzen der Stadt und in den Gassen, doch war es nicht leicht, ihn aufzufinden, obwohl er seine Tätigkeit bis spät in die Nacht ausübte, denn die Stadt war verwirrend, obgleich sie klar und einfach angelegt war. Auch mußte er seine Wohnung zu verschiedenen Zeiten verlassen und seiner Tätigkeit nie einen Plan zu Grunde legen, denn nie ließ sich in seinem Auftreten eine Regel feststellen. Manchmal redete er ununterbrochen den ganzen Tag auf demselben Platz, manchmal aber wechselte er den Ort jede Viertelstunde. Er war immer von seinem Hund begleitet, der neben ihm schritt, wenn er durch die Straßen ging, schwarz und riesig, und der sich schwer auf den Boden legte, wenn der Mann zu predigen anfing. Er hatte nie viele Zuhörer und meistens stand er allein, doch konnte ich beobachten, daß ihn dies nicht verwirrte, auch verließ er den Platz nicht, sondern redete weiter. Oft sah ich, daß er mitten in einer kleinen Gasse stillstand und mit lauter Stimme betete, während nicht weit von ihm die Leute achtlos durch eine breitere Gasse gingen. Da es mir jedoch nicht gelang, eine sichere Methode zu finden, ihn aufzuspüren, und ich dies immer dem Zufall überlassen mußte, versuchte ich nun, seine Wohnung zu finden, doch vermochte mir niemand Auskunft zu geben. Ich verfolgte ihn daher einmal den ganzen Tag, doch mußte ich dies mehrere Tage wiederholen, denn er kam mir immer wieder am Abend aus den Augen, weil ich bestrebt war, mich vor ihm verborgen zu halten, damit er meine Absicht nicht entdecke. Dann jedoch sah ich ihn endlich, spät in der Nacht, in ein Haus einer Gasse treten, die nur von den Reichsten der Stadt bewohnt wurde, wie ich wußte, was mich denn auch in Erstaunen versetzte. Von nun an änderte ich ihm gegenüber mein Verhalten, indem ich meine Verborgenheit aufgab, um mich nur in seiner nächsten Nähe aufzuhalten, so daß er mich sehen mußte, doch störte ich ihn nicht, nur der Hund knurrte jedesmal, wenn ich zu ihnen trat. So vergingen mehrere Wochen, und es war in einem Spätsommer, als er, nachdem er seine Auslegung des Johannisevangeliums beendet hatte, zu mir trat und mich bat, ihn nach Hause zu begleiten; doch sagte er kein Wort mehr, wie wir durch die Gassen schritten, und als wir das Haus betraten, war es schon so dunkel, daß im großen Zimmer, in welches ich geführt wurde, die Lampe brannte. Der Raum war tiefer als die Straße gelegen, so daß wir von der Türe einige Stufen hinuntergehen mußten, auch sah ich die Wände nicht, so sehr wurden sie von Büchern überdeckt. Unter der Lampe war ein großer, einfacher Tisch aus Tannenholz, an welchem ein Mädchen stand und las. Es trug ein dunkelblaues Kleid. Es drehte sich nicht um, als wir eintraten. Unter einem der beiden Kellerfenster, die verhängt waren, befand sich eine Matratze und an der gegenüberliegenden Wand ein Bett, und zwei Stühle standen am Tisch. Bei der Türe war ein Ofen. Wie wir jedoch dem Mädchen entgegenschritten, wandte es sich, so daß ich sein Gesicht sah. Es gab mir die Hand und deutete auf einen Stuhl, worauf ich bemerkte, daß der Mann schon auf der Matratze lag; der Hund aber legte sich zu seinen Füßen nieder.

»Das ist mein Vater«, sagte das Mädchen, »der nun schon schläft und nicht hört, wenn wir zusammen sprechen, und der große, schwarze Hund hat keinen Namen, der ist einfach eines Abends zu uns gekommen, als mein Vater zu predigen anfing. Wir hatten die Türe nicht verschlossen, und so konnte er mit seinen Tatzen die Klinke niederdrücken und hereinspringen.« Ich stand wie betäubt vor dem Mädchen und fragte leise, was denn ihr Vater gewesen sei. »Er war ein reicher Mann mit vielen Fabriken«, sagte es und schlug die Augen nieder. »Er verließ meine Mutter und meine Brüder, um den Menschen die Wahrheit zu verkünden.« »Glaubst du denn, daß es die Wahrheit ist, die dein Vater verkündet?« fragte ich. »Es ist die Wahrheit«, sagte das Mädchen. »Ich habe es immer gewußt, daß es die Wahrheit ist, und so bin ich denn mit ihm gegangen in diesen Keller und wohne hier mit ihm. Aber ich habe nicht gewußt, daß dann auch der Hund kommen würde, wenn man die Wahrheit verkündet.« Das Mädchen schwieg und sah mich an, als wolle es um etwas bitten, das es nicht auszusprechen wagte. »Dann schick ihn fort, den Hund«, antwortete ich, aber das Mädchen schüttelte den Kopf. »Er hat keinen Namen und so würde er auch nicht gehen«, sagte es leise. Es sah, daß ich unentschlossen war, und setzte sich auf einen der beiden Stühle am Tisch. So setzte ich mich denn auch. »Fürchtest du dich denn vor diesem Tier?« fragte ich. »Ich habe mich immer vor ihm gefürchtet«, antwortete es, »und als vor einem Jahr die Mutter kam mit einem Rechtsanwalt und die Brüder, um meinen Vater zurückzuholen und mich, haben sie sich auch gefürchtet vor unserem Hund ohne Namen, und dabei hat er sich vor den Vater gestellt und geknurrt. Auch wenn ich im Bett liege, fürchte ich mich vor ihm, ja dann besonders, aber jetzt ist alles anders. Jetzt bist du gekommen und nun kann ich über das Tier lachen. Ich habe immer gewußt, daß du kommen würdest. Natürlich wußte ich nicht, wie du aussiehst, aber einmal, das wußte ich, würdest du mit meinem Vater kommen, an einem Abend, wenn schon die Lampe brennt, und es stiller wird auf der Straße, um mit mir die Hochzeitsnacht zu feiern in diesem Zimmer halb unter der Erde, in meinem Bett neben den vielen Büchern. So werden wir beieinander liegen, ein Mann und ein Weib, und drüben auf der Matratze wird der Vater sein, in der Dunkelheit wie ein Kind, und der große, schwarze Hund wird unsere arme Liebe bewachen.«

Wie könnte ich unsere Liebe vergessen! Die Fenster zeichneten sich als schmale Rechtecke ab, die waagrecht über unserer Nacktheit irgendwo im Raume schwebten. Wir lagen Leib an Leib, immer wieder ineinander versinkend, uns immer gieriger umklammernd, und die Geräusche der Straße vermischten sich mit dem verlorenen Schrei unserer Lust, manchmal das Torkeln Betrunkener, dann das leise Trippeln der Dirnen, einmal das lange, eintönige Stampfen einer vorbeiziehenden Kolonne Soldaten, abgelöst vom hellen Klang der Pferdehufe, vom dumpfen Rollen der Räder. – Wir lagen beisammen unter der Erde, eingehüllt in ihre warme Dunkelheit, uns nicht mehr fürchtend, und von der Ecke her, wo der Mann auf seiner Matratze schlief, lautlos wie ein Toter, starrten uns die gelben Augen des Hundes an, runde Scheiben zweier schwefliger Monde, die unsere Liebe belauerten.

So stieg ein glühender Herbst herauf, gelb und rot, dem spät erst in diesem Jahr der Winter folgte, mild, ohne die abenteuerliche Kälte der Vorjahre. Doch gelang es mir nie, das Mädchen aus seinem Kellerraum zu locken, um es mit meinen Freunden zusammenzubringen, mit ihm das Theater zu besuchen (wo sich entscheidende Dinge vorbereiteten) oder zusammen durch die dämmerhaften Wälder zu gehen, die sich über die Hügel breiten, die wellenförmig die Stadt umgeben: Immer saß es da, am Tisch aus Tannenholz, bis der Vater kam mit dem großen Hund, bis es mich in sein Bett zog beim gelben Licht der Fenster über uns. Wie es jedoch gegen den Frühling ging, wie noch Schnee in der Stadt lag, schmutzig und naß, meterhoch an schattigen Stellen, kam das Mädchen in mein Zimmer. Die Sonne schien schräg durchs Fenster. Es war spät im Nachmittag und in den Ofen hatte ich Scheiter gelegt, und nun erschien es, bleich und zitternd, wohl auch frierend, denn es kam ohne Mantel, so wie es immer war, in seinem dunkelblauen Kleid. Nur die Schuhe hatte ich noch nie an ihm gesehen, sie waren rot und mit Pelz gefüttert. »Du mußt den Hund töten«, sagte das Mädchen, noch auf der Schwelle meiner Türe, außer Atem und mit gelöstem Haar, mit weit offenen Augen, und so gespenstisch war sein Erscheinen, daß ich nicht wagte, es zu berühren. Ich ging zum Schrank und suchte meinen Revolver hervor. »Ich wußte, daß du mich einmal darum bitten würdest«, sagte ich, »und so habe ich eine Waffe gekauft. Wann soll es geschehen?« »Jetzt«, antwortete das Mädchen leise. »Auch der Vater fürchtet sich vor dem Tier, immer hat er sich gefürchtet, ich weiß es nun.« Ich untersuchte die Waffe und zog den Mantel an. »Sie sind im Keller«, sagte das Mädchen, indem es den Blick senkte. »Der Vater liegt auf der Matratze, den ganzen Tag, ohne sich zu bewegen, so sehr fürchtet er sich, nicht einmal beten kann er, und der Hund hat sich vor die Türe gelegt.«

Wir gingen gegen den Fluß hinunter und dann über die steinerne Brücke. Der Himmel war von einem tiefen, bedrohlichen Rot, wie bei einer Feuersbrunst. Die Sonne eben gesunken. Die Stadt war belebter als sonst, voll mit Menschen und Wagen, die sich wie unter einem Meer von Blut bewegten, da die Häuser das Licht des Abends mit ihren Fenstern und Mauern widerspiegelten. Wir gingen durch die Menge. Wir eilten durch einen immer dichteren Verkehr, durch Kolonnen bremsender Automobile und schwankender Omnibusse, die wie Ungetüme waren, mit bösen, mattleuchtenden Augen, an aufgeregt fuchtelnden Polizisten mit grauen Helmen vorbei. Ich drängte so entschlossen vorwärts, daß ich das Mädchen zurückließ; die Gasse endlich rannte ich hinauf, keuchend und mit offenem Mantel, einer immer violetteren, immer mächtigeren Dämmerung entgegen: doch ich kam zu spät. Wie ich nämlich zum Kellerraum hinabgesprungen war und, die Waffe in der Hand, die Türe mit einem Fußtritt geöffnet hatte, sah ich den riesigen Schatten des furchtbaren Tieres eben durch das Fenster entweichen, dessen Scheibe zersplitterte, während am Boden, eine weißliche Masse in einem schwarzen Tümpel, der Mann lag, vom Hunde zerfetzt, so sehr, daß er nicht mehr zu erkennen war.

Wie ich zitternd an der Wand lehnte, in die Bücher hineingesunken, heulten draußen die Wagen heran. Man kam mit einer Tragbahre. Ich sah schattenhaft einen Arzt vor dem Toten und schwerbewaffnete Polizisten mit bleichen Gesichtern. Überall standen Menschen. Ich schrie nach dem Mädchen. Ich eilte die Stadt hinunter und über die Brücke auf mein Zimmer, doch fand ich es nicht. Ich suchte verzweifelt, ruhelos und ohne Nahrung zu mir zu nehmen. Die Polizei wurde aufgeboten, auch, da man sich vor dem riesigen Tier fürchtete, die Soldaten der Kaserne, welche die Wälder in langgestreckten Ketten durchstreiften. Boote stießen in den schmutzigen, gelben Fluß und man forschte mit langen Stangen. Da nun der Frühling hereinbrach mit warmen Regengüssen, die unermeßlich heranschwemmten, drang man in die Höhlen der Steinbrüche, rufend und mit hocherhobenen Fackeln. Man stieg in die Kanalisationsgänge hinab und durchsuchte den Estrich der Kathedrale. Doch wurde das Mädchen nicht mehr gefunden und der Hund kam nicht mehr zum Vorschein.

Nach drei Tagen kam ich spät in der Nacht auf mein Zimmer. Erschöpft und ohne Hoffnung wie ich war, warf ich mich in den Kleidern auf mein Bett, als ich drunten auf der Straße Schritte hörte. Ich rannte ans Fenster, öffnete es und lehnte mich hinaus in die Nacht. Ein schwarzes Band lag die Straße unter mir, noch naß vom Regen, der bis Mitternacht gefallen war, so daß sich die Straßenlampen auf ihr widerspiegelten als verwachsene, goldene Flecken, und drüben, den Bäumen entlang, schritt das Mädchen in seinem dunklen Kleid mit den roten Schuhen, vom Haar, das im Lichte der Nacht blau schimmerte, in langen Strängen umflossen, und ihm zur Seite, ein dunkler Schatten, sanft und lautlos wie ein Lamm, ging der Hund mit gelben, runden, funkelnden Augen.

Der Tunnel

Eine Erzählung
1952
Neufassung 1978

Ein Vierundzwanzigjähriger, fett, damit das Schreckliche hinter den Kulissen, welches er sah (das war seine Fähigkeit, vielleicht seine einzige), nicht allzu nah an ihn herankomme, der es liebte, die Löcher in seinem Fleisch, da doch gerade durch sie das Ungeheuerliche hereinströmen konnte, zu verstopfen, derart, daß er Zigarren rauchte (Ormond-Brasil 10) und über seiner Brille eine zweite trug, eine Sonnenbrille, und in den Ohren Wattebüschel: Dieser junge Mann, noch von seinen Eltern abhängig und mit nebulosen Studien auf einer Universität beschäftigt, die mit einer zweistündigen Bahnfahrt zu erreichen war, stieg eines Sonntagnachmittags in den gewohnten Zug, Abfahrt siebzehnuhrfünfzig, Ankunft neunzehnuhrsiebenundzwanzig, um anderentags ein Seminar zu besuchen, das zu schwänzen er schon entschlossen war. Die Sonne schien an einem wolkenlosen Himmel, als er seinen Wohnort verließ. Es war Sommer. Der Zug hatte sich zwischen den Alpen und dem Jura fortzubewegen, an reichen Dörfern und kleineren Städten vorbei, später an einem Fluß entlang, und tauchte denn auch nach noch nicht ganz zwanzig Minuten Fahrt, gerade nach Burgdorf, in einen kleinen Tunnel. Der Zug war überfüllt. Der Vierundzwanzigjährige war vorne eingestiegen und hatte sich mühsam nach hinten durchgearbeitet, schwitzend und einen leicht vertrottelten Eindruck erweckend. Die Reisenden saßen dicht gedrängt, viele auf Koffern, auch die Coupés der zweiten Klasse waren besetzt, nur die erste Klasse schwach belegt. Als sich der junge Mann endlich durch das Wirrwarr der Familien, Rekruten, Studenten und Liebespaare gekämpft hatte, bald, vom Zug hin und her geschleudert, gegen diesen fallend und bald gegen jenen, gegen Bäuche und Brüste torkelnd, fand er im hintersten Wagen Platz, so viel sogar, daß er in diesem Abteil der dritten Klasse – in der es sonst Wagen mit Coupés selten gibt – eine ganze Bank für sich allein hatte: Im geschlossenen Raume saß ihm einer gegenüber, noch dicker als er, der mit sich selber Schach spielte, und in der Ecke der gleichen Bank, gegen den Korridor zu, ein rothaariges Mädchen, das einen Roman las. So saß er schon am Fenster und hatte eben eine Ormond Brasil 10 in Brand gesteckt, als der Tunnel kam, der ihm länger als sonst zu dauern schien. Er war diese Strecke schon manchmal gefahren, fast jeden Samstag und Sonntag seit einem Jahr, und hatte den Tunnel eigentlich gar nie beachtet, sondern immer nur geahnt. Zwar hatte er ihm einige Male die volle Aufmerksamkeit schenken wollen, doch hatte er, wenn er kam, jedes Mal an etwas anderes gedacht, so daß er das kurze Eintauchen in die Finsternis nicht bemerkte, denn der Tunnel war eben gerade vorbei, wenn er, entschlossen, ihn zu beachten, aufschaute, so schnell durchfuhr ihn der Zug und so kurz war der kleine Tunnel. So hatte er denn auch jetzt die Sonnenbrille nicht abgenommen, als sie einfuhren, da er nicht an den Tunnel dachte. Die Sonne hatte eben noch mit voller Kraft geschienen, und die Landschaft, durch die sie fuhren (die Hügel und Wälder, die fernere Kette des Jura und die Häuser des Städtchens), war wie von Gold gewesen, so sehr hatte sie im

Abendlicht geleuchtet, so sehr, daß ihm die nun schlagartig einsetzende Dunkelheit des Tunnels bewußt wurde, der Grund wohl auch, warum ihm die Durchfahrt länger vorkam. Es war völlig finster im Abteil, da der Kürze des Tunnels wegen die Lichter nicht in Funktion gesetzt waren, denn jede Sekunde mußte sich ja in der Scheibe der erste fahle Schimmer des Tages zeigen, sich blitzschnell ausweiten und mit voller, goldener Helle gewaltig hereinbrechen; als es jedoch immer noch dunkel blieb, nahm er die Sonnenbrille ab. Das Mädchen zündete sich in diesem Augenblick eine Zigarette an, offenbar ärgerlich, daß es im Roman nicht weiterlesen konnte, wie er im rötlichen Aufflammen des Streichholzes zu bemerken glaubte; seine Armbanduhr mit dem leuchtenden Zifferblatt zeigte zehn nach sechs. Er lehnte sich in die Ecke zwischen der Coupéwand und der Scheibe und beschäftigte sich mit seinen verworrenen Studien, die ihm niemand recht glaubte, mit dem Seminar, in das er morgen mußte und in das er nicht gehen würde (alles, was er tat, war nur ein Vorwand, hinter der Fassade seines Tuns Ordnung zu erlangen, nicht die Ordnung selber, nur die Ahnung einer Ordnung, angesichts des Schrecklichen, gegen das er sich mit Fett polsterte, Zigarren in den Mund steckte, Wattebüschel in die Ohren), und wie er wieder auf das Zifferblatt schaute, war es viertel nach sechs und immer noch der Tunnel. Das verwirrte ihn. Zwar leuchteten nun die Glühbirnen auf, es wurde hell im Coupé, das rote Mädchen konnte in seinem Roman weiterlesen, und der dicke Herr spielte wieder mit sich selber Schach, doch draußen, jenseits der Scheibe, in der sich nun das ganze Abteil spiegelte, war immer noch der Tunnel. Er trat in den Korridor, in welchem ein hochgewachsener Mann in einem hellen Regenmantel auf und ab ging, ein schwarzes Halstuch umgeschlagen. Wozu auch bei diesem Wetter, dachte er und schaute in die anderen Coupés dieses Wagens, wo man Zeitung las und miteinander schwatzte. Er trat wieder zu seiner Ecke und setzte sich, der Tunnel mußte nun jeden Augenblick aufhören, jede Sekunde; auf der Armbanduhr war es nun beinahe zwanzig nach; er ärgerte sich, den Tunnel vorher so wenig beachtet zu haben, dauerte er doch nun schon eine Viertelstunde und mußte, gerade weil der Zug offenbar in höchster Geschwindigkeit fuhr, ein bedeutender Tunnel sein, einer der längsten Tunnel in der Schweiz. Es war daher wahrscheinlich, daß er einen falschen Zug genommen hatte, wenn ihm im Augenblick auch nicht erinnerlich war, daß sich zwanzig Minuten Bahnfahrt von seinem Wohnort entfernt ein so langer und bedeutender Tunnel befand. Er fragte deshalb den dicken Schachspieler, ob der Zug nach Zürich fahre, was der bestätigte. Er habe gar nicht gewußt, daß diese Strecke einen so beträchtlichen Tunnel aufweise, entgegnete der junge Mann, doch der Schachspieler antwortete, etwas ärgerlich, da er in irgendeiner schwierigen Überlegung zum zweiten Mal unterbrochen worden war, in der Schweiz gebe es eben viele Tunnel, außerordentlich viele, er reise zwar zum ersten Mal in diesem Lande, doch falle dies sofort auf, auch habe er in einem statistischen Jahrbuch gelesen, kein Land besitze so viele Tunnel wie die Schweiz. Er müsse sich nun entschuldigen, wirklich, es tue ihm schrecklich leid, da er sich mit einem wichtigen Problem der Nimzowitsch-Verteidigung beschäftige und nicht mehr abgelenkt werden dürfe. Der Schachspieler hatte höflich, aber bestimmt geantwortet; daß von ihm keine Antwort zu erwarten war, sah der junge Mann ein. Er war überzeugt, daß seine Fahrkarte zurückgewiesen werden würde; auch als der Schaffner, ein blasser, magerer Mann, nervös, wie es den Eindruck machte, gegenüber dem Mädchen, dem er zuerst die Fahrkarte abnahm, bemerkte, es müsse in Olten umsteigen, gab der Vierundzwanzigjährige noch nicht alle Hoffnung auf, so sehr war er überzeugt, in den falschen Zug gestiegen zu sein. Er werde wohl nachzahlen müssen, er sollte nach Zürich, sagte er denn, ohne die Ormond Brasil 10 aus dem Munde zu nehmen, und reichte dem Schaffner das Billet hin. Der Herr sei im rechten Zug, antwortete der, als er die Fahrkarte geprüft hatte. »Aber wir fahren doch durch einen Tunnel!« rief der junge Mann ärgerlich und recht energisch aus, entschlossen, nun die verwirrende Situation aufzuklären. Man sei eben an Herzogenbuchsee vorbeigefahren und nähere sich Langenthal, sagte der Schaffner. »Es stimmt, mein Herr, es ist jetzt zwanzig nach sechs.« Aber man fahre seit zwanzig Minuten durch einen Tunnel, beharrte der junge Mann auf seiner Feststellung. Der Schaffner sah ihn verständnislos an. »Es ist der Zug nach Zürich«, sagte er, und schaute nun auch nach dem Fenster. »Zwanzig nach sechs«, sagte er wieder, jetzt etwas beunruhigt, wie es schien, »bald kommt Olten, Ankunft achtzehnuhrsiebenunddreißig. Es wird schlechtes Wetter gekommen sein, ganz plötzlich, daher die Nacht, vielleicht ein Sturm, ja, das wird es sein.« »Unsinn«, mischte sich nun der Mann, der sich mit dem Problem der Nimzowitsch-Verteidigung beschäftigte, ins Gespräch, ärgerlich, weil er immer noch sein Billet hinhielt, ohne vom Schaffner beachtet zu werden, »Unsinn, wir fahren durch einen Tunnel. Man kann deutlich den

Fels sehen, Granit wie es scheint. In der Schweiz gibt es die meisten Tunnel der ganzen Welt. Ich habe es in einem statistischen Jahrbuch gelesen.« Der Schaffner, indem er endlich die Fahrkarte des Schachspielers entgegennahm, versicherte aufs neue, fast flehentlich, der Zug fahre nach Zürich, worauf der Vierundzwanzigjährige den Zugführer verlangte. Der sei vorne im Zug, sagte der Schaffner, im übrigen fahre der Zug nach Zürich, jetzt sei es sechsuhrfünfundzwanzig, und in zwölf Minuten werde er nach dem Sommerfahrplan in Olten anhalten, er fahre jede Woche diesen Zug dreimal. Der junge Mann machte sich auf den Weg. Das Gehen fiel ihm noch schwerer im überfüllten Zug als vorher, als er die gleiche Strecke umgekehrt gegangen war; der Zug mußte überaus schnell fahren; auch war das Getöse, das er dabei verursachte, entsetzlich; so steckte er sich seine Wattebüschel denn wieder in die Ohren, nachdem er sie beim Betreten des Zuges entfernt hatte. Die Menschen, an denen er vorbeikam, verhielten sich ruhig, in nichts unterschied sich der Zug von anderen Zügen, in denen er an den Sonntagnachmittagen gefahren war, und niemand fiel ihm auf, der beunruhigt gewesen wäre. In einem Wagen mit Zweitklaß-Abteilen stand ein Engländer am Fenster des Korridors und tippte freudestrahlend mit der Pfeife, die er rauchte, an die Scheibe. »Simplon«, sagte er. Auch im Speisewagen war alles wie sonst, obwohl kein Platz frei war und der Tunnel doch einem der Reisenden oder der Bedienung, die Wienerschnitzel und Reis servierte, hätte auffallen können. Den Zugführer, den er an der roten Tasche erkannte, fand der junge Mann am Ausgang des Speisewagens. »Sie wünschen?« fragte der Zugführer, der ein großgewachsener, ruhiger Mann war, mit einem sorgfältig gepflegten schwarzen Schnurrbart und einer randlosen Brille. »Wir sind in einem Tunnel, seit fünfundzwanzig Minuten«, sagte der junge Mann. Der Zugführer schaute nicht nach dem Fenster, wie der Vierundzwanzigjährige erwartet hatte, sondern wandte sich zum Kellner. »Geben Sie mir eine Schachtel Ormond 10«, sagte er, »ich rauche die gleiche Sorte wie der Herr da«; doch konnte ihn der Kellner nicht bedienen, da man diese Zigarre nicht besaß, so daß denn der junge Mann, froh, einen Anknüpfungspunkt zu haben, dem Zugführer eine Brasil anbot. »Danke«, sagte der, »ich werde in Olten kaum Zeit haben, mir eine zu verschaffen, und so tun Sie mir denn einen großen Gefallen. Rauchen ist wichtig. Darf ich Sie nun bitten, mir zu folgen?« Er führte den Vierundzwanzigjährigen in den Packwagen, der vor dem Speisewagen lag. «Dann kommt noch die Maschine«, sagte der Zugführer, als sie den Raum betraten, »wir befinden uns an der Spitze des Zuges.« Im Packraum brannte ein schwaches, gelbes Licht, der größte Teil des Wagens lag im Ungewissen, die Seitentüren waren verschlossen, und nur durch ein kleines vergittertes Fenster drang die Finsternis des Tunnels. Koffer standen herum, viele mit Hotelzetteln beklebt, einige Fahrräder und ein Kinderwagen. Der Zugführer hängte seine rote Tasche an einen Haken. »Was wünschen Sie?« fragte er aufs neue, schaute jedoch den jungen Mann nicht an, sondern begann in einem Heft, das er der Tasche entnommen hatte, Tabellen auszufüllen. »Wir befinden uns seit Burgdorf in einem Tunnel«, antwortete der Vierundzwanzigjährige entschlossen, »einen derartigen Tunnel gibt es auf dieser Strecke nicht, ich fahre sie jede Woche hin und zurück, ich kenne die Strecke.« Der Zugführer schrieb weiter.

»Mein Herr«, sagte er endlich und trat nah an den jungen Mann heran, so nah, daß sich die beiden Leiber fast berührten, »mein Herr, ich habe Ihnen wenig zu sagen. Wie wir in diesen Tunnel geraten sind, weiß ich nicht, ich besitze dafür keine Erklärung. Doch bitte ich Sie zu bedenken: Wir bewegen uns auf Schienen, der Tunnel muß also irgendwohin führen. Nichts beweist, daß am Tunnel etwas nicht in Ordnung ist, außer natürlich, daß er nicht aufhört.« Der Zugführer, die Ormond Brasil immer noch ohne zu rauchen zwischen den Lippen, hatte überaus leise gesprochen, jedoch mit so großer Würde und so deutlich und bestimmt, daß seine Worte vernehmbar waren, trotz der Wattebüschel und obgleich im Packwagen das Tosen des Zuges um vieles stärker war als im Speisewagen. »Dann bitte ich Sie, den Zug anzuhalten«, begehrte der junge Mann ungeduldig, »ich verstehe kein Wort von dem, was Sie sagen. Wenn etwas nicht stimmt mit diesem Tunnel, dessen Vorhandensein Sie selber nicht erklären können, haben Sie den Zug anzuhalten«. »Den Zug anhalten?« antwortete der andere langsam, gewiß, daran habe er auch schon gedacht, worauf er das Heft schloß und in die rote Tasche zurücksteckte, die an ihrem Haken hin und her schwankte, dann steckte er die Ormond sorgfältig in Brand. Ob er die Notbremse ziehen solle, fragte der junge Mann und wollte nach dem Haken der Bremse über seinem Kopf greifen, torkelte jedoch im selben Augenblick nach vorne, wo er an die Wand prallte. Ein Kinderwagen rollte auf ihn zu, und Koffer rutschten heran; seltsam schwankend kam auch der Zugführer mit vorgestreckten Händen durch den Packraum. »Wir fahren abwärts«, sagte der Zugführer und lehnte sich neben dem Vierundzwanzigjährigen an die Vorderwand des Wagens, doch kam der erwartete Aufprall des rasenden Zuges am Fels nicht, dieses Zerschmettern und Ineinanderschachteln der Wagen, der Tunnel schien vielmehr wieder eben zu verlaufen. Am andern Ende des Wagens öffnete sich die Türe. Im grellen Licht des Speisewagens sah man Menschen, die einander zutranken, dann schloß sich die Türe wieder. »Kommen Sie in die Lokomotive«, sagte der Zugführer und schaute dem Vierundzwanzigjährigen nachdenklich und, wie es plötzlich schien, drohend ins Gesicht, dann schloß er die Türe auf, neben der sie an der Wand lehnten: Mit solcher Gewalt jedoch schlug ihnen ein sturmartiger, heißer Luftstrom entgegen, daß sie von der Wucht des Orkans aufs neue gegen die Wand taumelten; gleichzeitig erfüllte ein fürchterliches Getöse den Packwagen. »Wir müssen zur Maschine hinüberklettern«, schrie der Zugführer dem jungen Mann ins Ohr, auch so kaum vernehmbar, und verschwand dann im Rechteck der offenen Türe, durch die man die hellerleuchteten, hin und her schwankenden Scheiben der Zugmaschine sah. Der Vierundzwanzigjährige folgte entschlossen, wenn er auch den Sinn der Kletterei nicht begriff. Die Plattform, die er betrat, besaß auf beiden Seiten ein Eisengeländer, woran er sich klammerte, doch war nicht der ungeheure Luftzug das Entsetzliche, der sich milderte, wie der junge Mann sich der Maschine zubewegte, sondern die unmittelbare Nähe der Tunnelwände, die er zwar nicht sah, da er sich ganz auf die Maschine konzentrieren mußte, die er jedoch ahnte, durchzittert vom Stampfen der Räder und vom Pfeifen der Luft, so daß ihm war, als rase er mit Sterngeschwindigkeit in eine Welt aus Stein. Der Lokomotive entlang lief ein schmales Band und darüber als

Geländer eine Stange, die sich in immer gleicher Höhe über dem Band um die Maschine herumkrümmte: Dies mußte der Weg sein; den Sprung, den es zu wagen galt, schätzte er auf einen Meter. So gelang es ihm denn auch, die Stange zu fassen. Er schob sich, gegen die Lokomotive gepreßt, dem Band entlang; fürchterlich wurde der Weg erst, als er auf die Längsseite der Maschine gelangte, nun voll der Wucht des brüllenden Orkans ausgesetzt und drohenden Felswänden, die, hell erleuchtet von der Maschine, heranfegten. Nur der Umstand, daß ihn der Zugführer durch eine kleine Türe ins Innere der Maschine zog, rettete ihn. Erschöpft lehnte sich der junge Mann gegen den Maschinenraum, worauf es mit einem Male still wurde, denn die Stahlwände der riesenhaften Lokomotive dämpften, als der Zugführer die Türe geschlossen hatte, das Tosen so sehr ab, daß es kaum mehr zu vernehmen war. »Die Ormond Brasil haben wir auch verloren«, sagte der Zugführer. »Es war nicht klug, vor der Kletterei eine anzuzünden, aber sie zerbrechen leicht, wenn man keine Schachtel mit sich führt, bei ihrer länglichen Form.« Der junge Mann war froh, nach der bedenklichen Nähe der Felswände auf etwas gelenkt zu werden, das ihn an die Alltäglichkeit erinnerte, in der er sich noch vor wenig mehr denn einer halben Stunde befunden hatte, an diese immergleichen Tage und Jahre (immergleich, weil er nur auf diesen Augenblick hinlebte, der nun erreicht war, auf diesen Augenblick des Einbruchs, auf dieses plötzliche Nachlassen der Erdoberfläche, auf den abenteuerlichen Sturz ins Erdinnere). Er holte eine der braunen Schachteln aus der rechten Rocktasche und bot dem Zugführer erneut eine Zigarre an, selber steckte er sich auch eine in den Mund, und vorsichtig nahmen sie Feuer, das der Zugführer bot. »Ich schätze diese Ormond sehr«, sagte der Zugführer, »nur muß einer gut ziehen, sonst gehen sie aus«, Worte, die den Vierundzwanzigjährigen mißtrauisch machten, weil er spürte, daß der Zugführer auch nicht gern an den Tunnel dachte, der draußen immer noch dauerte (immer noch war die Möglichkeit, er könnte plötzlich aufhören, wie ein Traum mit einem Mal aufzuhören vermag). »Achtzehnuhrvierzig«, sagte er, indem er auf seine Uhr mit dem leuchtenden Zifferblatt schaute, »jetzt sollten wir doch schon in Olten sein«, und dachte dabei an die Hügel und Wälder, die doch noch vor kurzem waren, goldüberhäuft in der sinkenden Sonne. So standen sie und rauchten, an die Wand des Maschinenraumes gelehnt. »Keller ist mein Name«, sagte der Zugführer und zog an seiner Brasil. Der junge Mann gab nicht nach. »Die Kletterei auf der Maschine war nicht ungefährlich«, bemerkte er, »wenigstens für mich, der ich dergleichen nicht gewohnt bin, und so möchte ich denn wissen, wozu Sie mich hergebracht haben.« Er wisse es nicht, antwortete Keller, er habe sich nur Zeit zum Überlegen schaffen wollen. »Zeit zum Überlegen«, wiederholte der Vierundzwanzigjährige. »Ja«, sagte der Zugführer, so sei es, rauchte dann wieder weiter. Die Maschine schien sich von neuem nach vorne zu neigen. »Wir können ja in den Führerraum gehen«, schlug Keller vor, blieb jedoch immer noch unschlüssig an der Maschinenwand stehen, worauf der junge Mann den Korridor entlangschritt. Wie er die Türe zum Führerraum geöffnet hatte, blieb er stehen. »Leer«, sagte er zum Zugführer, der nun auch herankam, »der Führerstand ist leer.« Sie betraten den Raum, schwankend durch die ungeheure Geschwindigkeit, mit der die Maschine, den Zug mit sich reißend, immer weiter in den Tunnel hineinraste. »Bitte«, sagte der Zugführer und drückte einige Hebel nieder, zog auch die Notbremse. Die Maschine gehorchte nicht. Sie hätten alles getan, sie anzuhalten, gleich als sie die Änderung in der Strecke bemerkt hätten, versicherte Keller, doch sei die Maschine immer weitergerast. »Sie wird immer weiterrasen«, antwortete der Vierundzwanzigjährige und wies auf den Geschwindigkeitsmesser. »Hundertfünfzig. Ist die Maschine je hundertfünfzig gefahren?« »Höchstens hundertfünf«, entgegnete der Zugführer. »Eben«, stellte der junge Mann fest. »Eben. Die Schnelligkeit nimmt zu. Jetzt zeigt der Messer Hundertachtundfünfzig. Wir fallen.« Er trat an die Scheibe, doch konnte er sich nicht aufrecht halten, sondern wurde mit dem Gesicht auf die Glaswand gepreßt, so abenteuerlich war nun die Geschwindigkeit. »Der Lokomotivführer?« schrie er und starrte nach den Felsmassen, die in das grelle Licht der Scheinwerfer hinaufstürzten, ihm entgegen, die auf ihn zurasten, und über ihm, unter ihm und zu beiden Seiten des Führerraums verschwanden. »Abgesprungen«, schrie Keller zurück, der nun mit dem Rücken gegen das Schaltbrett gelehnt auf dem Boden saß. »Wann?« fragte der Vierundzwanzigjährige hartnäckig. Der Zugführer zögerte ein wenig und mußte sich seine Ormond aufs neue anzünden, die Beine, da sich der Zug immer stärker neigte, in der gleichen Höhe wie sein Kopf. »Schon nach fünf Minuten«, sagte er dann. »Es war sinnlos, noch eine Rettung zu versuchen. Der im Packraum ist auch abgesprungen.« »Und Sie«, fragte der Vierundzwanzigjährige. »Ich bin der Zugführer«, antwortete der andere, »auch habe ich immer ohne Hoffnung gelebt.« »Ohne

Hoffnung«, wiederholte der junge Mann, der nun geborgen auf der Glasscheibe des Führerstandes lag, das Gesicht über den Abgrund gepreßt. »Wir saßen noch in unseren Abteilen und wußten nicht, daß schon alles verloren war«, dachte er. »Es hatte sich noch nichts verändert, wie es schien, doch hatte uns in Wahrheit der Schacht nach der Tiefe zu schon aufgenommen.« Er müsse nun zurück, schrie der Zugführer, »in den Wagen wird die Panik ausgebrochen sein. Alles wird sich nach hinten drängen.« »Gewiß«, antwortete der Vierundzwanzigjährige und dachte an den dicken Schachspieler und an das Mädchen mit seinem Roman und dem roten Haar. Er reichte dem Zugführer seine übrigen Schachteln Ormond Brasil 10. »Nehmen Sie«, sagte er, »Sie werden Ihre Brasil beim Hinüberklettern doch wieder verlieren.« Ob er denn nicht zurückkomme, fragte der Zugführer, der sich aufgerichtet hatte und mühsam den Trichter des Korridors hinaufzukriechen begann. Der junge Mann sah nach den sinnlosen Instrumenten, nach diesen lächerlichen Hebeln und Schaltern, die ihn im gleißenden Licht der Kabine silbern umgaben. »Zweihundertzehn«, sagte er. »Ich glaube nicht, daß Sie es bei dieser Geschwindigkeit schaffen, hinaufzukommen in die Wagen über uns. »Es ist meine Pflicht«, schrie der Zugführer. »Gewiß«, antwortete der Vierundzwanzigjährige, ohne seinen Kopf nach dem sinnlosen Unternehmen des Zugführers zu wenden. »Ich muß es wenigstens versuchen«, schrie der Zugführer noch einmal, nun schon weit oben im Korridor, sich mit Ellbogen und Schenkeln gegen die Metallwände stemmend, doch wie sich die Maschine weiter hinabsenkte, um nun in fürchterlichem Sturz dem Innern der Erde entgegenzurasen, so daß der Zugführer in seinem Schacht direkt über dem Vierundzwanzigjährigen hing, der am Grunde der Maschine auf dem silbernen Fenster des Führerraumes lag, das Gesicht nach unten, ließ seine Kraft nach. Der Zugführer stürzte auf das Schaltbrett und kam blutüberströmt neben den jungen Mann zu liegen, dessen Schultern er umklammerte. »Was sollen wir tun?« schrie der Zugführer durch das Tosen der ihnen entgegenschnellenden Tunnelwände hindurch dem andern ins Ohr, der mit seinem fetten Leib, der jetzt nutzlos war und nicht mehr schützte, unbeweglich auf der Glasscheibe des Führerstandes klebte und den Abgrund unter ihm in seine nun zum ersten Mal weit geöffneten Augen sog. »Was sollen wir tun?« schrie der Zugführer noch einmal, worauf der Vierundzwanzigjährige, ohne sein Gesicht vom Schauspiel abzuwenden, während die zwei Wattebüschel durch den ungeheuren Luftzug, der nun plötzlich hereinbrach, pfeilschnell nach oben in den Schacht über ihnen fegten, mit einer gespensterhaften Heiterkeit antwortete: »Nichts.«

Die Panne

Eine noch mögliche
Geschichte
1955

Erster Teil

Gibt es noch mögliche Geschichten, Geschichten für Schriftsteller? Will einer nicht von sich erzählen, romantisch, lyrisch sein Ich verallgemeinern, fühlt er keinen Zwang, von seinen Hoffnungen und Niederlagen zu reden, durchaus wahrhaftig, und von seiner Weise, bei Frauen zu liegen, wie wenn Wahrhaftigkeit dies alles ins Allgemeine transponieren würde und nicht viel mehr ins Medizinische, Psychologische bestenfalls, will einer dies nicht tun, vielmehr diskret zurücktreten, das Private höflich wahren, den Stoff vor sich wie ein Bildhauer sein Material, an ihm arbeitend und an ihm sich entwickelnd und als eine Art Klassiker versuchen, nicht gleich zu verzweifeln, wenn auch der bare Unsinn kaum zu leugnen ist, der überall zum Vorschein kommt, dann wird Schreiben schwieriger und einsamer, auch sinnloser, eine gute Note in der Literaturgeschichte interessiert nicht – wer bekam nicht schon gute Noten, welche Stümpereien wurden nicht schon ausgezeichnet –, die Forderungen des Tags sind wichtiger. Doch auch hier ein Dilemma und ungünstige Marktlage. Bloße Unterhaltung bietet das Leben, am Abend das Kino, Poesie die Tageszeitung unter dem Strich, für mehr, doch sozialerweise schon von einem Franken an, wird Seele gefordert, Geständnisse, Wahrhaftigkeit eben, höhere Werte sollen geliefert werden, Moralien, brauchbare Sentenzen, irgend etwas soll überwunden oder bejaht werden, bald Christentum, bald gängige Verzweiflung, Literatur, alles in allem. Doch wenn dies zu produzieren der Autor sich weigert, immer mehr, immer hartnäckiger, weil er sich zwar im klaren ist, daß der Grund seines Schreibens bei ihm liegt, in seinem Bewußten und Unbewußten in je nach Fall dosiertem Verhältnis, in seinem Glauben und Zweifeln, jedoch auch meint, gerade dies gehe das Publikum nun wirklich nichts an, es genüge, was er schreibt, gestaltet, formt, man zeige appetitlicherweise die Oberfläche und nur diese, arbeite an ihr und nur dort, im übrigen sei der Mund zu halten, weder zu kommentieren noch zu schwatzen? Angelangt bei dieser Erkenntnis, wird er stocken, zögern, ratlos werden, dies wird kaum zu vermeiden sein. Die Ahnung steigt auf, es gebe nichts mehr zu erzählen, die Abdankung wird ernstlich in Erwägung gezogen, vielleicht sind einige Sätze noch möglich, sonst aber Schwenkung in die Biologie, um der Explosion der Menschheit, den vorrückenden Milliarden, den unablässig liefernden Gebärmüttern wenigstens gedanklich beizukommen, oder in die Physik, in die Astronomie, sich ordnungshalber über das Gerüst Rechenschaft abzulegen, in welchem wir pendeln. Der Rest für die Illustrierte, für ›Life‹, ›Match‹, ›Quick‹ und für die ›Sie und Er‹: der Präsident unter dem Sauerstoffzelt, Onkel Bulganin in seinem Garten, die Prinzessin mit ihrem Tausendsassa von Flugkapitän, Filmgrößen und Dollargesichter, auswechselbar, schon aus der Mode, kaum wird von ihnen gesprochen. Daneben der Alltag eines jeden, westeuropäisch in meinem Fall, schweizerisch genauer, schlechtes Wetter und Konjunktur, Sorgen und Plagen, Erschütterungen durch private Ereignisse, doch ohne Zusammenhang mit dem Weltganzen, mit dem Ablauf der Dinge und Undinge, mit dem Abspulen der Notwendigkeiten. Das Schicksal hat die Bühne verlassen, auf der gespielt wird, um hinter den Kulissen zu lauern, außerhalb der gültigen Dramaturgie, im Vordergrund wird alles zum Unfall, die Krankheiten, die Krisen. Selbst der Krieg wird abhängig davon, ob die Elektronen-Hirne sein Rentieren voraussagen, doch wird dies nie der Fall sein, weiß man, gesetzt die Rechenmaschinen funktionieren, nur noch Niederlagen sind mathematisch denkbar; wehe nur, wenn Fälschungen stattfinden, verbotene Eingriffe in die künstlichen Hirne, doch auch dies weniger peinlich als die Möglichkeit, daß eine Schraube sich lockert, eine Spule in Unordnung gerät, ein Taster falsch reagiert, Weltuntergang aus technischem Kurzschluß, Fehlschaltung. So droht kein Gott mehr, keine Gerechtigkeit, kein Fatum wie in der fünften Symphonie, sondern Verkehrsunfälle, Deichbrüche infolge Fehlkonstruktion, Explosion einer Atombombenfabrik, hervorgerufen durch einen zerstreuten Laboranten, falsch eingestellte Brutmaschinen. In diese Welt der Pannen führt unser Weg, an dessen staubigem Rande nebst Reklamewänden für Bally-Schuhe, Studebaker, Eiscreme und den Gedenksteinen der Verunfallten sich noch einige mögliche Geschichten ergeben, indem aus einem Dutzendgesicht die Menschheit blickt, Pech sich ohne Absicht ins Allgemeine weitet, Gericht und Gerechtigkeit sichtbar werden, vielleicht auch Gnade, zufällig aufgefangen, widergespiegelt vom Monokel eines Betrunkenen.

Zweiter Teil

Unfall, harmlos zwar, Panne auch hier: Alfredo Traps, um den Namen zu nennen, in der Textilbranche beschäftigt, fünfundvierzig, noch lange nicht korpulent, angenehme Erscheinung, mit genügenden Manieren, wenn auch eine gewisse Dressur verratend, indem Primitives, Hausiererhaftes durchschimmert – dieser Zeitgenosse hatte sich eben noch mit seinem Studebaker über eine der großen Straßen des Landes bewegt, konnte schon hoffen, in einer Stunde seinen Wohnort, eine größere Stadt, zu erreichen, als der Wagen streikte. Er ging einfach nicht mehr. Hilflos lag die rotlackierte Maschine am Fuße eines kleineren Hügels, über den sich die Straße schwang; im Norden hatte sich eine Kumuluswolke gebildet, und im Westen stand die Sonne immer noch hoch, fast nachmittäglich. Traps rauchte eine Zigarette und tat dann das Nötige. Der Garagist, der den Studebaker schließlich abschleppte, erklärte, den Schaden nicht vor dem andern Morgen beheben zu können, Fehler in der Benzinzufuhr. Ob dies stimmte, war weder ausfindig zu machen, noch war ratsam, es zu versuchen; Garagisten ist man ausgeliefert wie einst Raubrittern, noch früher Ortsgöttern und Dämonen. Zu bequem, die halbe Stunde zur nächsten Bahnstation zurückzulegen und die etwas komplizierte, wenn auch kurze Reise nach Hause zu unternehmen, zu seiner Frau, zu seinen vier Kindern, alles Jungen, beschloß Traps zu übernachten. Es war sechs Uhr abends, heiß, der längste Tag nahe, das Dorf, an dessen Rand sich die Garage befand, freundlich, verzettelt gegen bewaldete Hügel hin, mit einem kleinen Bühl samt Kirche, Pfarrhaus und einer uralten, mit mächtigen Eisenringen und Stützen versehenen Eiche, alles solide, proper, sogar die Misthaufen vor den Bauernhäusern sorgfältig geschichtet und herausgeputzt. Auch stand irgendwo ein Fabriklein herum und mehrere Pinten und Landgasthöfe, deren einen Traps schon öfters hatte rühmen hören, doch waren die Zimmer belegt, eine Tagung der Kleinviehzüchter nahm die Betten in Anspruch, und der Textilreisende wurde nach einer Villa gewiesen, wo hin und wieder Leute aufgenommen würden. Traps zögerte. Noch war es möglich, mit der Bahn heimzukehren, doch lockte ihn die Hoffnung, irgendein Abenteuer zu erleben, gab es doch manchmal in den Dörfern Mädchen, wie in Großbiestringen neulich, die Textilreisende zu schätzen wußten. So schlug er denn neubelebt den Weg zur Villa ein. Von der Kirche her Glockengeläute. Kühe trotteten ihm entgegen, muhten. Das einstöckige Landhaus lag in einem größeren Garten, die Wände blendend weiß, Flachdach, grüne Rolläden, halb verdeckt von Büschen, Buchen und Tannen, gegen die Straße hin Blumen, Rosen vor allem, ein betagtes Männchen dazwischen mit umgebundener Lederschürze, möglicherweise der Hausherr, leichte Gartenarbeit verrichtend.

Traps stellte sich vor und bat um Unterkunft.

»Ihr Beruf?« fragte der Alte, der an den Zaun gekommen war, eine Brissago rauchend und die Gartentüre kaum überragend.

»In der Textilbranche beschäftigt.«

Der Alte musterte Traps aufmerksam, nach der Weise

der Weitsichtigen über eine kleine randlose Brille blikkend: »Gewiß, hier kann der Herr übernachten.«

Traps fragte nach dem Preis.

Er pflege dafür nichts zu nehmen, erklärte der Alte, er sei allein, sein Sohn befinde sich in den Vereinigten Staaten, eine Haushälterin sorge für ihn, Mademoiselle Simone, da sei er froh, hin und wieder einen Gast zu beherbergen.

Der Textilreisende dankte. Er war gerührt über die Gastfreundschaft und bemerkte, auf dem Lande seien eben die Sitten und Bräuche der Altvordern noch nicht ausgestorben. Die Gartentüre wurde geöffnet. Traps sah sich um. Kieswege, Rasen, große Schattenpartien, sonnenbeglänzte Stellen.

Er erwarte einige Herren heute abend, sagte der Alte, als sie bei den Blumen angelangt waren, und schnitt sorgfältig an einem Rosenstock herum. Freunde kämen, die in der Nachbarschaft wohnten, teils im Dorf, teils weiter gegen die Hügel hin, pensioniert wie er selber, hergezogen des milden Klimas wegen und weil hier der Föhn nicht zu spüren sei, alle einsam, verwitwet, neugierig auf etwas Neues, Frisches, Lebendiges, und so sei es ihm denn ein Vergnügen, Herrn Traps zum Abendessen und zum nachfolgenden Herrenabend einladen zu dürfen.

Der Textilreisende stutzte. Er hatte eigentlich im Dörfchen essen wollen, im allseits bekannten Landgasthof eben, doch wagte er nicht, die Aufforderung abzulehnen. Er fühlte sich verpflichtet. Er hatte die Einladung angenommen, kostenlos zu übernachten. Er wollte nicht als ein unhöflicher Stadtmensch erscheinen. So tat er erfreut. Der Hausherr führte ihn in den ersten Stock. Ein freundliches Zimmer. Fließendes Wasser, ein breites Bett, Tisch, bequemer Sessel, ein Hodler an der Wand, alte Lederbände im Büchergestell. Der Textilreisende öffnete sein Köfferchen, wusch, rasierte sich, hüllte sich in eine Wolke von Eau de Cologne, trat ans Fenster, zündete eine Zigarette an. Eine große Sonnenscheibe rutschte gegen die Hügel hinunter, umstrahlte die Buchen. Er überschlug flüchtig die Geschäfte dieses Tages, den Auftrag der Rotacher AG, nicht schlecht, die Schwierigkeiten mit Wildholz, fünf Prozent verlangte der, Junge, Junge, dem würde er schon den Hals umdrehen. Dann tauchten Erinnerungen auf. Alltägliches, Unordentliches, ein geplanter Ehebruch im Hotel Touring, die Frage, ob seinem Jüngsten (den er am meisten liebte) eine elektrische Eisenbahn zu kaufen sei, die Höflichkeit und eigentlich die Pflicht, seiner Frau zu telephonieren, Nachricht von seinem ungewollten Aufenthalt zu geben. Doch unterließ er es. Wie schon oft. Sie war daran gewöhnt und würde ihm außerdem auch nicht glauben. Er gähnte, genehmigte eine weitere Zigarette. Er sah zu, wie drei alte Herren über den Kiesweg anmarschiert kamen, zwei Arm in Arm, ein dicker, glatzköpfiger hintendrein. Begrüßung, Händeschütteln, Umarmungen, Gespräche über Rosen. Traps zog sich vom Fenster zurück, ging zum Büchergestell. Nach den Titeln, die er las, war ein langweiliger Abend zu erwarten: Hotzendorff, Das Verbrechen des Mordes und die Todesstrafe; Savigny, System des heutigen römischen Rechts; Ernst David Hölle, Die Praxis des Verhörs. Der Textilreisende sah klar. Sein Gastgeber war Jurist, vielleicht ein gewesener Rechtsanwalt. Er machte sich auf umständliche Erörterungen gefaßt, was verstand so ein Studierter vom wirklichen Leben, nichts, die Gesetze waren ja danach. Auch war zu befürchten, daß über Kunst oder ähnliches geredet würde, wobei er sich leicht blamieren konnte, na gut, wenn er nicht mitten im Geschäftskampf stehen würde, wäre er auch auf dem laufenden in höheren Dingen. So ging er denn ohne Lust hinunter, wo man sich in der offenen, immer noch sonnenbeschienenen Veranda niedergelassen hatte, während die Haushälterin, eine handfeste Person, nebenan im Speisezimmer den Tisch deckte. Doch stutzte er, als er die Gesellschaft sah, die ihn erwartete. Er war froh, daß ihm fürs erste der Hausherr entgegenkam, nun fast geckenhaft, die wenigen Haare sorgfältig gebürstet, in einem viel zu weiten Gehrock. Traps wurde willkommen geheißen. Mit einer kurzen Rede. So konnte er seine Verwunderung verbergen, murmelte, die Freude sei ganz auf seiner Seite, verneigte sich, kühl, distanziert, spielte den Textilfachmann von Welt und dachte mit Wehmut, daß er doch nur in diesem Dorfe geblieben sei, irgendein Mädchen aufzutreiben. Das war mißlungen. Er sah sich drei weiteren Greisen gegenüber, die in nichts dem kauzigen Gastgeber nachstanden. Wie ungeheure Raben füllten sie den sommerlichen Raum mit den Korbmöbeln und den luftigen Gardinen, uralt, verschmiert und verwahrlost, wenn auch ihre Gehröcke die beste Qualität aufwiesen, wie er gleich feststellte, wollte man vom Glatzköpfigen absehen (Pilet mit Namen, siebenundsiebzig Jahre alt, gab der Hausherr bei der Vorstellerei bekannt, die nun einsetzte), der steif und würdig auf einem äußerst unbequemen Schemel saß, obgleich doch mehrere angenehme Stühle herumstanden, überkorrekt hergerichtet, eine weiße Nelke im Knopfloch und ständig über seinen schwarzgefärbten buschigen Schnurrbart streichend, pensioniert offenbar, vielleicht ein ehemaliger, durch Glücksfall wohlhabend gewordener Küster oder Schornsteinfeger, möglicherweise auch Lokomotivführer. Um so verlotterter dagegen die beiden andern. Der eine (Herr Kummer, zweiundachtzig), noch dicker als Pilet, unermeßlich, wie aus speckigen Wülsten zusammengesetzt, saß in einem Schaukelstuhl, das Gesicht hochrot, gewaltige Säufernase, joviale Glotzaugen hinter einem goldenen Zwicker, dazu, wohl aus Versehen, ein Nachthemd unter dem schwarzen Anzug und die Taschen vollgestopft mit Zeitungen und Papieren, während der andere (Herr Zorn, sechsundachtzig), lang und hager, ein Monokel vor das linke Auge geklemmt, Schmisse im Gesicht, Hakennase, schlohweiße Löwenmähne, eingefallener Mund, eine vorgestrige Erscheinung alles in allem, die Weste falsch geknöpft hatte und zwei verschiedene Socken trug.

»Campari?« fragte der Hausherr.

»Aber bitte«, antwortete Traps und ließ sich in einen Sessel nieder, während der Lange, Hagere ihn interessiert durch sein Monokel betrachtete:

»Herr Traps wird wohl an unserem Spielchen teilnehmen?«

»Aber natürlich. Spiele machen mir Spaß.«

Die alten Herren lächelten, wackelten mit den Köpfen.

»Unser Spiel ist vielleicht etwas sonderbar«, gab der Gastgeber vorsichtig, fast zögernd zu bedenken. »Es besteht darin, daß wir des Abends unsere alten Berufe spielen.«

Die Greise lächelten aufs neue, höflich, diskret.

Traps wunderte sich. Wie er dies verstehen solle?

»Nun«, präzisierte der Gastgeber, »ich war einst Richter, Herr Zorn Staatsanwalt und Herr Kummer Advokat, und so spielen wir denn Gericht.«

»Ach so«, begriff Traps und fand die Idee passabel. Vielleicht war der Abend doch noch nicht verloren.

Der Gastgeber betrachtete den Textilreisenden feierlich. Im allgemeinen, erläuterte er mit milder Stimme, würden die berühmten historischen Prozesse durchgenommen, der Prozeß Sokrates, der Prozeß Jesus, der Prozeß Jeanne d'Arc, der Prozeß Dreyfus, neulich der Reichstagsbrand, und einmal sei Friedrich der Große für unzurechnungsfähig erklärt worden.

Traps staunte. »Das spielt ihr jeden Abend?«

Der Richter nickte. Aber am schönsten sei es natürlich, erklärte er weiter, wenn am lebenden Material gespielt werde, was des öfteren besonders interessante Situationen ergebe, erst vorgestern etwa sei ein Parlamentarier, der im Dorfe eine Wahlrede gehalten und den letzten Zug verpaßt hätte, zu vierzehn Jahren Zuchthaus wegen Erpressung und Bestechung verurteilt worden.

»Ein gestrenges Gericht«, stellte Traps belustigt fest.

»Ehrensache«, strahlten die Greise.

Was er denn für eine Rolle einnehmen könne?

Wieder Lächeln, fast Lachen.

Den Richter, den Staatsanwalt und den Verteidiger hätten sie schon, es seien dies ja auch Posten, die eine Kenntnis der Materie und der Spielregeln voraussetzten, meinte der Gastgeber, nur der Posten eines Angeklagten sei unbesetzt, doch sei Herr Traps in keiner Weise etwa gezwungen mitzuspielen, er möchte dies noch einmal betonen.

Das Vorhaben der alten Herren erheiterte den Textilreisenden. Der Abend war gerettet. Es würde nicht gelehrt zugehen und langweilig, es versprach lustig zu werden. Er war ein einfacher Mensch, ohne allzugroße Denkkraft und Neigung zu dieser Tätigkeit, ein Geschäftsmann, gewitzigt, wenn es sein mußte, der in seiner Branche aufs Ganze ging, daneben gerne gut aß und trank, mit einer Neigung zu handfesten Späßen. Er spiele mit, sagte er, es sei ihm eine Ehre, den verwaisten Posten eines Angeklagten anzunehmen.

Bravo, krächzte der Staatsanwalt und klatschte in die Hände, bravo, das sei ein Manneswort, das nenne er Courage.

Der Textilreisende erkundigte sich neugierig nach dem Verbrechen, das ihm nun zugemutet würde.

Ein unwichtiger Punkt, antwortete der Staatsanwalt, das Monokel reinigend, ein Verbrechen lasse sich immer finden.

Alle lachten.

Herr Kummer erhob sich. »Kommen Sie, Herr Traps«, sagte er beinahe väterlich, »wir wollen doch den Porto noch probieren, den es hier gibt; er ist alt, den müssen Sie kennenlernen.

Er führte Traps ins Speisezimmer. Der große runde Tisch war nun aufs festlichste gedeckt. Alte Stühle mit hohen Lehnen, dunkle Bilder an den Wänden, altmodisch, solide alles, von der Veranda her drang das Plaudern der Greise, durch die offenen Fenster flimmerte der Abendschein, drang das Gezwitscher der Vögel, und auf einem Tischchen standen Flaschen, weitere noch auf dem Kamin, die Bordeaux in Körbchen gelagert. Der Verteidiger goß sorgfältig und etwas zittrig aus einer alten Flasche Porto in zwei kleine Gläser, füllte sie bis zum Rande, stieß mit dem Textilreisenden auf dessen Gesundheit an, vorsichtig, die Gläser mit der kostbaren Flüssigkeit kaum in Berührung bringend.

Traps kostete. »Vortrefflich«, lobte er.

»Ich bin Ihr Verteidiger, Herr Traps«, sagte Herr Kummer. »Da heißt es zwischen uns beiden: Auf gute Freundschaft!«

»Auf gute Freundschaft!«

Es sei am besten, meinte der Advokat und rückte mit seinem roten Gesicht, mit seiner Säufernase und seinem Zwicker näher an Traps heran, so daß sein Riesenbauch ihn berührte, eine unangenehme weiche Masse, es sei am besten, wenn der Herr ihm sein Verbrechen gleich anvertraue. So könne er garantieren, daß man beim Gericht auch durchkäme. Die Situation sei zwar nicht gefährlich, doch auch nicht zu unterschätzen, der lange hagere Staatsanwalt, immer noch im Besitz seiner geistigen Kräfte, sei zu fürchten, und dann neige der Gastgeber leider zur Strenge und vielleicht sogar zur Pedanterie, was sich im Alter – er zähle siebenundachtzig – noch verstärkt habe. Trotzdem aber sei es ihm, dem Verteidiger, gelungen, die meisten Fälle durchzubringen, oder es wenigstens nicht zum Schlimmsten kommen zu lassen. Nur einmal bei einem Raubmord sei wirklich nichts zu retten gewesen. Aber ein Raubmord komme hier wohl nicht in Frage, wie er Herrn Traps einschätze, oder doch?

Er habe leider kein Verbrechen begangen, lachte der Textilreisende. Und dann sagte er: »Prosit!«

»Gestehen Sie es mir«, munterte ihn der Verteidiger auf. »Sie brauchen sich nicht zu schämen. Ich kenne das Leben, wundere mich über nichts mehr. Schicksale sind an mir vorübergegangen, Herr Traps, Abgründe taten sich auf, das können Sie mir glauben.«

Es tue ihm leid, schmunzelte der Textilreisende, wirklich, er sei ein Angeklagter, der ohne Verbrechen dastehe, und im übrigen sei es die Sache des Staatsanwaltes, eines zu finden, er habe es selber gesagt, und da wolle er ihn nun beim Wort nehmen. Spiel sei Spiel. Er sei neugierig, was herauskomme. Ob es denn ein richtiges Verhör gebe?

»Will ich meinen!«

»Da freue ich mich aber darauf.«

Der Verteidiger machte ein bedenkliches Gesicht.

»Sie fühlen sich unschuldig, Herr Traps?«

Der Textilreisende lachte: »Durch und durch«, und das Gespräch kam ihm äußerst lustig vor.

Der Verteidiger reinigte seinen Zwicker.

»Schreiben Sie sich's hinter die Ohren, junger Freund, Unschuld hin oder her, auf die Taktik kommt es an! Es ist halsbrecherisch – gelinde ausgedrückt –, vor unserem Gericht unschuldig sein zu wollen, im Gegenteil, es ist am klügsten, sich gleich eines Verbrechens zu bezichtigen, zum Beispiel, gerade für Geschäftsleute vorteilhaft: Betrug. Dann kann sich immer noch beim Verhör herausstellen, daß der Angeklagte übertreibt, daß eigentlich kein Betrug vorliegt, sondern etwa eine harmlose Vertuschung von Tatsachen aus Reklamegründen, wie sie im Handel öfters üblich ist. Der Weg von der Schuld zur Unschuld ist zwar schwierig, doch nicht unmöglich, dagegen ist es geradezu hoffnungslos, seine Unschuld bewahren zu wollen, und das Resultat verheerend. Sie verlieren, wo Sie doch gewinnen könnten, auch sind Sie nun gezwungen, die Schuld nicht mehr wählen zu dürfen, sondern sich aufzwingen zu lassen.«

Der Textilreisende zuckte amüsiert die Achseln, er

bedaure, nicht dienen zu können, aber er sei sich keiner Übeltat bewußt, die ihn mit dem Gesetz in Konflikt gebracht habe, beteuerte er.

Der Verteidiger setzte seinen Zwicker wieder auf. Mit Traps werde er Mühe haben, meinte er nachdenklich, das werde hart auf hart gehen. »Doch vor allem«, schloß er die Unterredung, »überlegen Sie sich jedes Wort, plappern Sie nicht einfach vor sich hin, sonst sehen Sie sich plötzlich zu einer langjährigen Zuchthausstrafe verurteilt, ohne daß noch zu helfen wäre.«

Dann kamen die übrigen. Man setzte sich um den runden Tisch. Gemütliche Tafelrunde, Scherzworte. Zuerst wurden verschiedene Vorspeisen serviert, Aufschnitt, russische Eier, Schnecken, Schildkrötensuppe. Die Stimmung war vortrefflich, man löffelte vergnügt, schlürfte ungeniert.

»Nun, Angeklagter, was haben Sie uns vorzuweisen, ich hoffe einen schönen, stattlichen Mord«, krächzte der Staatsanwalt.

Der Verteidiger protestierte: »Mein Klient ist ein Angeklagter ohne Verbrechen, eine Seltenheit in der Justiz sozusagen. Behauptet unschuldig zu sein.«

»Unschuldig?« wunderte sich der Staatsanwalt. Die Schmisse leuchteten rot auf, das Monokel fiel ihm beinahe in den Teller, pendelte hin und her an der schwarzen Schnur. Der zwerghafte Richter, der eben Brot in die Suppe brockte, hielt inne, betrachtete den Textilreisenden vorwurfsvoll, schüttelte den Kopf, und auch der Glatzköpfige, Schweigsame mit der weißen Nelke starrte ihn erstaunt an. Die Stille war beängstigend. Kein Löffel- und Gabelgeräusch, kein Schnaufen und Schlürfen war zu vernehmen. Nur Simone im Hintergrund kicherte leise.

»Müssen wir untersuchen«, faßte der Staatsanwalt sich endlich. »Was es nicht geben kann, gibt es nicht.«

»Nur zu«, lachte Traps. »Ich stehe zur Verfügung!«

Zum Fisch gab es Wein, einen leichten spritzigen Neuchâteller. »Nun denn«, sagte der Staatsanwalt, seine Forelle auseinandernehmend, »wollen mal sehen. Verheiratet?«

»Seit elf Jahren.«

»Kinderchen?«

»Vier.«

»Beruf?«

»In der Textilbranche.«

»Also Reisender, lieber Herr Traps?«

»Generalvertreter.«

»Schön. Erlitten eine Panne?«

»Zufällig. Zum ersten Mal seit einem Jahr.«

»Ach. Und vor einem Jahr?«

»Nun, da fuhr ich noch den alten Wagen«, erklärte Traps. »Einen Citroën 1939, doch jetzt besitze ich einen Studebaker, rotlackiertes Extramodell.«

»Studebaker, ei, interessant, und erst seit kurzem? Waren wohl vorher nicht Generalvertreter?«

»Ein simpler, gewöhnlicher Reisender in Textilien.«

»Konjunktur«, nickte der Staatsanwalt.

Neben Traps saß der Verteidiger. »Passen Sie auf«, flüsterte er.

Der Textilreisende, der Generalvertreter, wie wir jetzt sagen dürfen, machte sich sorglos hinter ein Beefsteak Tartar, träufelte Zitrone darüber, sein Rezept, etwas Kognak, Paprika und Salz. Ein angenehmeres Essen sei ihm noch nie vorgekommen, strahlte er dabei, er habe stets die Abende in der Schlaraffia für das Amüsanteste gehalten, was seinesgleichen erleben könne, doch dieser Herrenabend bereite noch größeren Spaß.

»Aha«, stellte der Staatsanwalt fest, »Sie gehören der Schlaraffia an. Welchen Spitznamen führen Sie denn dort?«

»Marquis de Casanova.«

»Schön«, krächzte der Staatsanwalt freudig, als ob die Nachricht von Wichtigkeit wäre, das Monokel wieder eingeklemmt. »Uns allen ein Vergnügen, dies zu hören. Darf von Ihrem Spitznamen auf Ihr Privatleben geschlossen werden, mein Bester?«

»Aufgepaßt«, zischte der Verteidiger.

»Lieber Herr«, antwortete Traps. »Nur bedingt. Wenn mir mit Weibern etwas Außereheliches passiert, so nur zufälligerweise und ohne Ambition.«

Ob Herr Traps die Güte hätte, der versammelten Runde sein Leben in kurzen Zügen bekannt geben zu wollen, fragte der Richter, Neuchâteller nachfüllend. Da man ja beschlossen habe, über den lieben Gast und Sünder zu Gericht zu sitzen und ihn womöglich auf Jahre hinaus zu verknurren, sei es nur angemessen, Näheres, Privates, Intimes zu erfahren, Weibergeschichten, wenn möglich gesalzen und gepfeffert.

»Erzählen, erzählen!« forderten die alten Herren den Generalvertreter kichernd auf. Einmal hätten sie einen Zuhälter am Tisch gehabt, der hätte die spannendsten und pikantesten Dinge aus seinem Métier erzählt und sei zu alledem mit nur vier Jahren Zuchthaus davongekommen.

»Nu, nu«, lachte Traps mit, »was gibt es schon von mir zu erzählen. Ich führe ein alltägliches Leben, meine Herren, ein kommunes Leben, wie ich gleich gestehen will. Pupille!«

»Pupille!«

Der Generalvertreter hob sein Glas, fixierte gerührt die starren, vogelartigen Augen der vier Alten, die an ihm hafteten, als wäre er ein spezieller Leckerbissen, und dann stießen die Gläser aneinander.

Draußen war die Sonne nun endlich untergegangen, und auch der Höllenlärm der Vögel verstummt, aber noch lag die Landschaft taghell da, die Gärten und die roten Dächer zwischen den Bäumen, die bewaldeten Hügel und in der Ferne die Vorberge und einige Gletscher, Friedensstimmung, Stille einer ländlichen Gegend, feierliche Ahnung von Glück, Gottessegen und kosmischer Harmonie.

Eine harte Jugend habe er durchgemacht, erzählte Traps, während Simone die Teller wechselte und eine dampfende Riesenschüssel auftischte. Champignons à la Crème. Sein Vater sei Fabrikarbeiter gewesen, ein Proletarier, den Irrlehren von Marx und Engels verfallen, ein verbitterter, freudloser Mann, der sich um sein einziges Kind nie gekümmert habe, die Mutter Wäscherin, früh verblüht.

»Nur die Primarschule durfte ich besuchen, nur die Primarschule«, stellte er fest, Tränen in den Augen, erbittert und gerührt zugleich über seine karge Vergangenheit, während man mit einem Réserve des Maréchaux anstieß.

»Eigenartig«, sagte der Staatsanwalt, »eigenartig. Nur die Primarschule. Haben sich aber mit Leibeskräften heraufgearbeitet, mein Verehrter.«

»Das will ich meinen«, prahlte dieser, vom Maréchaux angefeuert, beschwingt vom geselligen Beisammensein, von der feierlichen Gotteswelt vor den Fenstern. »Das will ich meinen. Noch vor zehn Jahren war ich nichts als ein Hausierer und zog mit einem Köfferchen von Haus zu Haus. Harte Arbeit, tippeln, übernachten in Heuschobern, zweifelhaften Herbergen. Von unten fing ich an in meiner Branche, ganz von unten. Und jetzt, meine Herren, wenn Sie mein Bankkonto sähen! Ich will mich nicht rühmen, aber hat jemand von euch einen Studebaker?«

»Seien Sie doch vorsichtig«, flüsterte der Verteidiger besorgt.

Wie denn das gekommen sei, fragte der Staatsanwalt neugierig.

Er solle aufpassen und nicht zuviel reden, mahnte der Verteidiger.

Er habe die Alleinvertretung der ›Hephaiston‹ auf diesem Kontinent übernommen, verkündete Traps und schaute sich triumphierend um. Nur Spanien und der Balkan seien in anderen Händen.

Hephaistos sei ein griechischer Gott, kicherte der kleine Richter, Champignons auf seinen Teller häufend, ein gar großer Kunstschmied, der die Liebesgöttin und ihren Galan, den Kriegsgott Ares, in einem so feingeschmiedeten und unsichtbaren Netz gefangen habe, daß sich die übrigen Götter nicht genug über diesen Fang hätten freuen können, aber was der Hephaiston bedeute, dessen Alleinvertretung der verehrte Herr Traps übernommen habe, sei ihm schleierhaft.

»Und doch sind Sie nahe daran, verehrter Gastgeber und Richter«, lachte Traps. »Sie sagen selbst: schleierhaft, und der mir unbekannte griechische Gott fast gleichen Namens mit meinem Artikel habe ein gar feines und unsichtbares Netz gesponnen. Wenn es heute Nylon,

Perlon, Myrlon gibt, Kunststoffe, von denen das hohe Gericht doch wohl gehört hat, so gibt es auch Hephaiston, den König der Kunststoffe, unzerreißbar, durchsichtig, doch dabei gerade für Rheumatiker eine Wohltat, ebenso verwendbar in der Industrie wie in der Mode, für den Krieg wie für den Frieden. Der vollendete Stoff für Fallschirme und zugleich die pikanteste Materie für Nachthemden schönster Damen, wie ich aus eigener Forschung weiß.«

»Hört, hört«, quakten die Greise, »eigene Forschung, das ist gut«, und Simone wechselte aufs neue die Teller, brachte einen Kalbsnierenbraten.

»Ein Festessen«, strahlte der Generalvertreter.

»Freut mich«, sagte der Staatsanwalt, »daß Sie so etwas zu würdigen wissen, und mit Recht! Beste Ware wird uns vorgesetzt und in genügenden Mengen, ein Menü wie aus dem vorigen Jahrhundert, da die Menschen noch zu essen wagten. Loben wir Simone! Loben wir unseren Gastgeber! Kauft er doch selber ein, der alte Gnom und Gourmet, und was die Weine betrifft, sorgt Pilet für sie als Ochsenwirt im Nachbardörfchen. Loben wir auch ihn! Doch wie steht es nun mit Ihnen, mein Tüchtiger? Durchforschen wir Ihren Fall weiter. Ihr Leben kennen wir nun, es war ein Vergnügen, einen kleinen Einblick zu erhalten, und auch über Ihre Tätigkeit herrscht Klarheit. Nur ein unwichtiger Punkt ist noch nicht geklärt: Wie kamen Sie beruflich zu einem so lukrativen Posten? Allein durch Fleiß, durch eiserne Energie?«

»Aufpassen«, zischte der Verteidiger. »Jetzt wird's gefährlich.«

Das sei nicht so leicht gewesen, antwortete Traps und sah begierig zu, wie der Richter den Braten zu tranchieren begann, er habe zuerst Gygax besiegen müssen, und das sei eine harte Arbeit gewesen.

»Ei, und Herr Gygax, wer ist denn dies wieder?«

»Mein früherer Chef.«

»Er mußte verdrängt werden, wollen Sie sagen?«

»Auf die Seite geschafft mußte er werden, um im rauhen Ton meiner Branche zu bleiben«, antwortete Traps und bediente sich mit Sauce. »Meine Herren, Sie werden ein offenes Wort ertragen. Es geht hart zu im Geschäftsleben, wie du mir, so ich dir, wer da ein Gentleman sein will, bitte schön, kommt um. Ich verdiene Geld wie Heu, doch ich schufte auch wie zehn Elefanten, jeden Tag spule ich meine sechshundert Kilometer mit meinem Studebaker herunter. So ganz fair bin ich nicht vorgegangen, als es hieß, dem alten Gygax das Messer an die Kehle zu setzen und zuzustoßen, aber ich mußte vorwärtskommen, was will einer, Geschäft ist schließlich Geschäft.«

Der Staatsanwalt sah neugierig vom Kalbsnierenbraten auf. »Auf die Seite schaffen, das Messer an die Kehle setzen, zustoßen, das sind ja ziemlich bösartige Ausdrücke, lieber Traps.«

Der Generalvertreter lachte: »Sie sind natürlich nur im übertragenen Sinne zu verstehen.«

»Herr Gygax befindet sich wohl, Verehrtester?«

»Er ist letztes Jahr gestorben.«

»Sind Sie toll?« zischte der Verteidiger aufgeregt. »Sie sind wohl ganz verrückt geworden!«

»Letztes Jahr«, bedauerte der Staatsanwalt. »Das tut mir aber leid. Wie alt ist er denn geworden?«

»Zweiundfünfzig.«

»Blutjung. Und woran ist er gestorben?«

»An irgendeiner Krankheit.«

»Nachdem Sie seinen Posten erhalten hatten?«

»Kurz vorher.«

»Schön, mehr brauche ich einstweilen nicht zu wissen«, sagte der Staatsanwalt. »Glück, wir haben Glück. Ein Toter ist aufgestöbert, und das ist schließlich die Hauptsache.«

Alle lachten. Sogar Pilet, der Glatzköpfige, der andächtig vor sich hin aß, pedantisch, unbeirrbar, unermeßliche Mengen hinunterschlingend, sah auf.

»Fein«, sagte er und strich sich über den schwarzen Schnurrbart.

Dann schwieg er und aß weiter.

Der Staatsanwalt hob feierlich sein Glas. »Meine Herren«, erklärte er, »auf diesen Fund hin wollen wir den Pichon-Longueville 1933 goutieren. Ein guter Bordeaux zu einem guten Spiel!«

Sie stießen aufs neue an, tranken einander zu.

»Donnerwetter, meine Herren!« staunte der Generalvertreter, den Pichon in einem Zuge leerend und das Glas dem Richter hinhaltend: »Das schmeckt aber riesig!«

Die Dämmerung war angebrochen und die Gesichter der Versammelten kaum mehr zu erkennen. Die ersten Sterne waren in den Fenstern zu ahnen, und die Haushälterin zündete drei große schwere Leuchter an, die das Schattenbild der Tafelrunde wie den wunderbaren Blütenkelch einer phantastischen Blume an die Wände malten. Trauliche, gemütliche Stimmung, Sympathie allerseits, Lockerung der Umgangsformen, der Sitten.

»Wie im Märchen«, staunte Traps.

Der Verteidiger wischte sich mit der Serviette den Schweiß von der Stirne. »Das Märchen, lieber Traps«, sagte er, »sind Sie. Es ist mir noch nie ein Angeklagter begegnet, der mit größerer Seelenruhe so unvorsichtige Aussagen gemacht hätte.«

Traps lachte: »Keine Bange, lieber Nachbar! Wenn erst einmal das Verhör beginnt, werde ich schon den Kopf nicht verlieren.«

Totenstille im Zimmer, wie schon einmal. Kein Schmatzen mehr, kein Schlürfen.

»Sie Unglücksmensch!« ächzte der Verteidiger. »Was meinen Sie damit: Wenn erst einmal das Verhör beginnt?«

»Nun«, sagte der Generalvertreter, Salat auf den Teller häufend, »hat es etwa schon begonnen?«

Die Greise schmunzelten, sahen pfiffig drein, verschmitzt, meckerten endlich vor Vergnügen.

Der Stille, Ruhige, Glatzköpfige kicherte: »Er hat es nicht gemerkt, er hat es nicht gemerkt!«

Traps stutzte, war verblüfft, die spitzbübische Heiterkeit kam ihm unheimlich vor, ein Eindruck, der sich freilich bald verflüchtigte, so daß er mitzulachen begann: »Meine Herren, verzeihen Sie«, sagte er, »ich dachte mir das Spiel feierlicher, würdiger, förmlicher, mehr Gerichtssaal.«

»Liebster Herr Traps«, klärte ihn der Richter auf, »Ihr bestürztes Gesicht ist nicht zu bezahlen. Unsere Art, Gericht zu halten, scheint Ihnen fremd und allzu munter, sehe ich. Doch, Wertgeschätzter, wir vier an diesem Tisch sind pensioniert und haben uns vom unnötigen Wust der Formeln, Protokolle, Schreibereien, Gesetze und was sonst noch für Kram unsere Gerichtssäle belastet, befreit. Wir richten ohne Rücksicht auf die lumpigen Gesetzbücher und Paragraphen.«

»Mutig«, entgegnete Traps mit schon etwas schwerer Zunge, »mutig. Meine Herren, das imponiert mir. Ohne Paragraphen, das ist eine kühne Idee.«

Der Verteidiger erhob sich umständlich. Er gehe Luft schnappen, verkündete er, bevor es zum Hähnchen und zum übrigen komme, ein kleines Gesundheits-Spaziergänglein und eine Zigarette seien nun an der Zeit, und er lade Herrn Traps ein, ihn zu begleiten.

Sie traten von der Veranda in die Nacht hinaus, die nun endlich hereingebrochen war, warm und majestätisch. Von den Fenstern des Eßzimmers her lagen goldene Lichtbänder über dem Rasen, erstreckten sich bis zu den Rosenbeeten. Der Himmel voller Sterne, mondlos, als dunkle Masse standen die Bäume da, und die Kieswege zwischen ihnen waren kaum zu erraten, über die sie nun schritten. Sie hatten sich den Arm gegeben. Beide waren schwer vom Wein, torkelten und schwankten auch hin und wieder, gaben sich Mühe, schön gerade zu gehen, und rauchten Zigaretten, Parisiennes, rote Punkte in der Finsternis.

»Mein Gott«, schöpfte Traps Atem, »war dies ein Jux da drinnen«, und wies nach den erleuchteten Fenstern, in denen eben die massige Silhouette der Haushälterin sichtbar wurde. »Vergnüglich geht's zu, vergnüglich.«

»Lieber Freund«, sagte der Verteidiger wankend und sich auf Traps stützend, »bevor wir zurückgehen und unser Hähnchen in Angriff nehmen, lassen Sie mich ein Wort an Sie richten, ein ernstes Wort, das Sie beherzigen sollten. Sie sind mir sympathisch, junger Mann, ich fühle zärtlich für Sie, ich will wie ein Vater zu Ihnen reden: Wir sind im schönsten Zuge, unseren Prozeß in Bausch und Bogen zu verlieren!«

»Das ist Pech«, antwortete der Generalvertreter und steuerte den Verteidiger vorsichtig den Kiesweg entlang um die große schwarze, kugelrunde Masse eines Gebüschs herum. Dann kam ein Teich, sie ahnten eine Steinbank, setzten sich. Sterne spiegelten sich im Wasser, Kühle stieg auf. Vom Dorfe her Handharmonikaklänge und Gesang, auch ein Alphorn war jetzt zu hören, der Kleinviehzüchterverband feierte.

»Sie müssen sich zusammennehmen«, mahnte der Verteidiger. »Wichtige Bastionen sind vom Feind genommen; der tote Gygax, unnötigerweise aufgetaucht durch Ihr hemmungsloses Geschwätz, droht mächtig, all dies ist schlimm, ein ungeübter Verteidiger müßte die Waffen strecken, doch mit Zähigkeit, unter Ausnützung aller Chancen und vor allem mit der größten Vorsicht und Disziplin Ihrerseits kann ich noch Wesentliches retten.«

Traps lachte. Das sei ein gar zu komisches Gesellschaftsspiel, stellte er fest, in der nächsten Sitzung der Schlaraffia müsse dies unbedingt auch eingeführt werden.

»Nicht wahr?« freute sich der Verteidiger, »man lebt auf. Hingesiecht bin ich, lieber Freund, nachdem ich meinen Rücktritt genommen hatte und plötzlich ohne Beschäftigung, ohne meinen alten Beruf in diesem Dörfchen das Alter genießen sollte. Was ist denn hier auch los? Nichts, nur der Föhn nicht zu spüren, das ist alles. Gesundes Klima? Lächerlich, ohne geistige Beschäftigung. Der Staatsanwalt lag im Sterben, bei unserem Gastfreund vermutete man Magenkrebs, Pilet litt an einem Diabetes, mir machte der Blutdruck zu schaffen. Das war das Resultat. Ein Hundeleben. Hin und wieder saßen wir traurig zusammen, erzählten sehnsüchtig von unseren alten Berufen und Erfolgen, unsere einzige spärliche Freude. Da kam der Staatsanwalt auf den Einfall, das Spiel einzuführen, der Richter stellte das Haus und ich mein Vermögen zur Verfügung – na ja, ich bin Junggeselle, und als jahrzehntelanger Anwalt der oberen Zehntausend legt man sich ein hübsches Sümmchen auf die Seite, mein Lieber, kaum zu glauben, wie sich ein freigesprochener Raubritter der Hochfinanz seinem Verteidiger splendide erweist, das grenzt an Verschwendung –, und es wurde unser Gesundbrunnen, dieses Spiel; die Hormone, die Mägen, die Bauchspeicheldrüsen kamen wieder in Ordnung, die Langeweile verschwand, Energie, Jugendlichkeit, Elastizität, Appetit stellten sich wieder ein; sehen Sie mal«, und er machte trotz seinem Bauch einige Turnübungen, wie Traps undeutlich in der Dunkelheit bemerken konnte. »Wir spielen mit den Gästen des Richters, die unsere Angeklagten abgeben«, fuhr der Verteidiger fort, nachdem er sich wieder gesetzt hatte, »bald mit Hausierern, bald mit Ferienreisenden, und vor zwei Monaten durften wir gar einen deutschen General zu zwanzig Jahren Zuchthaus verurteilen. Er kam hier durchgewandert mit seiner Gattin, nur meine Kunst rettete ihn vor dem Galgen.«

»Großartig«, staunte Traps, »diese Produktion! Doch das mit dem Galgen kann nicht gut stimmen, da übertreiben Sie ein bißchen, verehrter Herr Rechtsanwalt, denn die Todesstrafe ist ja abgeschafft.«

»In der staatlichen Justiz«, stellte der Verteidiger richtig, »doch wir haben es hier mit einer privaten Justiz zu tun und führten sie wieder ein: Gerade die Möglichkeit der Todesstrafe macht unser Spiel so spannend und eigenartig.«

»Und einen Henker habt ihr wohl auch, wie?« lachte Traps.

»Natürlich«, bejahte der Verteidiger stolz; »haben wir auch. Pilet.«

»Pilet?«

»Überrascht, wie?«

Traps schluckte einige Male. »Der ist doch Ochsenwirt und sorgt für die Weine, die wir trinken.«

»Gastwirt war er immer«, schmunzelte der Verteidiger gemütlich. »Übte seine staatliche Tätigkeit nur nebenberuflich aus. Ehrenamtlich beinah. War einer der tüchtigsten seines Fachs im Nachbarlande, nun auch schon zwanzig Jahre pensioniert, doch immer noch auf dem laufenden in seiner Kunst.«

Ein Automobil fuhr durch die Straße, und im Lichte der Scheinwerfer leuchtete der Rauch der Zigaretten auf. Sekundenlang sah Traps auch den Verteidiger, die unmäßige Gestalt im verschmierten Gehrock, das fette, zufriedene, gemütliche Gesicht. Traps zitterte. Kalter Schweiß lag auf seiner Stirne.

»Pilet.«

Der Verteidiger stutzte: »Aber was haben Sie denn auf einmal, guter Traps? Spüre, daß Sie zittern. Ist Ihnen nicht wohl?«

Er sah den Kahlköpfigen vor sich, der doch eigentlich ziemlich stumpfsinnig mitgetafelt hatte, es war eine Zumutung, mit so einem zu essen. Aber was konnte der arme Kerl für seinen Beruf – die milde Sommernacht, der noch mildere Wein stimmten Traps human, tolerant, vorurteilslos, er war schließlich ein Mann, der vieles gesehen hatte und die Welt kannte, kein Mucker und Spießer, nein, ein Textilfachmann von Format, ja es schien Traps nun, der Abend wäre ohne Henker weniger lustig und ergötzlich, und er freute sich schon, das Abenteuer bald in der Schlaraffia zum besten geben zu können, wohin man den Henker sicher auch einmal kommen lassen würde gegen ein kleines Honorar und Spesen, und so lachte er denn schließlich befreit auf: »Bin reingefallen! Habe mich gefürchtet! Das Spiel wird immer lustiger!«

»Vertrauen gegen Vertrauen«, sagte der Verteidiger, als sie sich erhoben hatten und Arm in Arm, vom Licht der Fenster geblendet, gegen das Haus hintappten. »Wie brachten Sie Gygax um?«

»Ich soll ihn umgebracht haben?«

»Na, wenn er doch tot ist.«

»Ich brachte ihn aber nicht um.«

Der Verteidiger blieb stehen. »Mein lieber junger Freund«, entgegnete er teilnehmend, »ich begreife die Bedenken. Von den Verbrechen sind die Morde am peinlichsten zu gestehen. Der Angeklagte schämt sich, will seine Tat nicht wahrhaben, vergißt, verdrängt sie aus dem Gedächtnis, ist überhaupt voller Vorurteile der Vergangenheit gegenüber, belastet sich mit übertriebenen Schuldgefühlen und traut niemandem, selbst seinem väterlichen Freunde nicht, dem Verteidiger, was gerade das Verkehrteste ist, denn ein rechter Verteidiger liebt den Mord, jubelt auf, bringt man ihm einen. Her damit, lieber Traps! Mir wird erst wohl, wenn ich vor einer wirklichen Aufgabe stehe, wie ein Alpinist vor einem schwierigen Viertausender, wie ich als alter Bergsteiger sagen darf. Da fängt das Hirn an zu denken und zu dichten, zu schnurren und zu schnarren, daß es eine Freude ist. So ist denn auch Ihr Mißtrauen der große, ja ich darf sagen, der entscheidende Fehler, den Sie machen. Darum, heraus mit dem Geständnis, alter Knabe!«

Er habe aber nichts zu gestehen, beteuerte der Generalvertreter.

Der Verteidiger stutzte. Grell beschienen vom Fenster, aus dem Gläserklirren und Lachen immer übermütiger schwoll, glotzte er Traps an.

»Junge, Junge«, brummte er mißbilligend, »was heißt das wieder? Wollen Sie denn Ihre falsche Taktik immer noch nicht aufgeben und immer noch den Unschuldigen spielen? Haben Sie denn noch nicht kapiert? Gestehen muß man, ob man will oder nicht, und zu gestehen hat man immer was, das dürfte Ihnen doch langsam dämmern! Wohlan denn, lieber Freund, weder geziert noch gezaudert, sondern frisch von der Leber weg gesprochen: Wie brachten Sie Gygax um? Im Affekt, nicht? Da müßten wir uns auf eine Anklage auf Totschlag gefaßt machen. Wette, daß der Staatsanwalt dahinsteuert. Habe so meine Vermutung. Kenne den Burschen.«

Traps schüttelte den Kopf. »Mein lieber Herr Verteidiger«, sagte er, »der besondere Reiz unseres Spiels besteht darin – wenn ich als Anfänger und ganz unmaßgeblich meine Meinung äußern darf –, daß es einem dabei unheimlich und gruselig wird. Das Spiel droht in die Wirklichkeit umzukippen. Man fragt sich auf einmal, ob man nun eigentlich ein Verbrecher sei oder nicht, ob man den alten Gygax umgebracht habe oder nicht. Es ist mir bei Ihrer Rede fast wirblig geworden. Und darum, Vertrauen gegen Vertrauen: Ich bin unschuldig am Tode des alten Gangsters. Wirklich.« Damit traten sie wieder ins Speisezimmer, wo das Hähnchen schon serviert war und ein Château Pavie 1921 in den Gläsern funkelte.

Traps, in Stimmung, begab sich zum Ernsten, Schweigenden, Glatzköpfigen, drückte ihm die Hand. Er habe vom Verteidiger seinen ehemaligen Beruf erfahren, sagte er, er wolle betonen, daß es nichts Angenehmeres geben könne, als einen so wackeren Mann am Tische zu wissen, er kenne keine Vorurteile, im Gegenteil, und Pilet, über seinen gefärbten Schnurrbart streichend, murmelte errötend, etwas geniert und in einem entsetzlichen Dialekt: »Freut mich, freut mich, werd mir Mühe geben.«

Nach dieser rührenden Verbrüderung mundete denn auch das Hähnchen vortrefflich. Es war nach einem Geheimrezept Simones zubereitet, wie der Richter verkündete. Man schmatzte, aß mit den Händen, lobte das Meisterwerk, trank, stieß auf jedermanns Gesundheit an, leckte die Sauce von den Fingern, fühlte sich wohl, und in aller Gemütlichkeit nahm der Prozeß seinen Fortgang. Der Staatsanwalt, eine Serviette umgebunden und das Hähnchen vor dem schnabelartigen, schmatzenden Munde, hoffte, zum Geflügel ein Geständnis serviert zu bekommen. »Gewiß, liebster und ehrenhaftester Angeklagter«, forschte er, »haben Sie Gygax vergiftet.«

»Nein«, lachte Traps, »nichts dergleichen.«

»Nun, sagen wir: erschossen?«

»Auch nicht.«

»Einen heimlichen Autounfall arrangiert?«

Alles lachte, und der Verteidiger zischte wieder einmal: »Aufpassen, das ist eine Falle!«

»Pech, Herr Staatsanwalt, ausgesprochen Pech«, rief Traps übermütig aus: »Gygax starb an einem Herzinfarkt, und es war nicht einmal der erste, den er erlitt. Schon Jahre vorher erwischte es ihn, er mußte aufpassen. wenn er nach außen auch den gesunden Mann spielte, bei jeder Aufregung war zu befürchten, daß es sich wiederhole, ich weiß es bestimmt.«

»Ei, und von wem denn?«

»Von seiner Frau, Herr Staatsanwalt.«

»Von seiner Frau?«

»Aufpassen, um Himmelswillen«, flüsterte der Verteidiger.

Der Château Pavie 1921 übertraf die Erwartungen. Traps war schon beim vierten Glas, und Simone hatte eine Extraflasche in seine Nähe gestellt. Da staune der Staatsanwalt, prostete der Generalvertreter den alten Herren zu, doch damit das hohe Gericht nicht etwa glaube, er verheimliche was, wolle er die Wahrheit sagen und bei der Wahrheit bleiben, auch wenn ihn der Verteidiger mit seinem »Aufpassen!« umzische. Mit Frau Gygax nämlich habe er was gehabt, nun ja, der alte Gangster sei oft auf Reisen gewesen und habe sein gutgebautes und leckeres Frauchen aufs grausamste vernachlässigt; da habe er hin und wieder den Tröster abgeben müssen, auf dem Kanapee in Gygaxens Wohnstube und später auch bisweilen im Ehebett, wie es eben so komme und wie es der Lauf der Welt sei.

Auf diese Worte Trapsens erstarrten die alten Herren, dann aber, auf einmal, kreischten sie laut auf vor Vergnügen, und der Glatzköpfige, sonst Schweigsame schrie, seine weiße Nelke in die Luft werfend: »Ein Geständnis, ein Geständnis!«, nur der Verteidiger trommelte verzweifelt mit den Fäusten auf seine Schläfen.

»So ein Unverstand!« rief er. Sein Klient sei toll geworden und dessen Geschichte nicht ohne weiteres zu glauben, worauf Traps entrüstet und unter erneutem Beifall der Tischrunde protestierte. Damit begann ein langes

Gerede zwischen dem Verteidiger und dem Staatsanwalt, ein hartnäckiges Hin und Her, halb komisch, halb ernst, eine Diskussion, deren Inhalt Traps nicht begriff. Es drehte sich um das Wort dolus, von dem der Generalvertreter nicht wußte, was es bedeuten mochte. Die Diskussion wurde immer heftiger, lauter geführt, immer unverständlicher, der Richter mischte sich ein, ereiferte sich ebenfalls, und war Traps anfangs bemüht hinzuhorchen, etwas vom Sinn des Streitgesprächs zu erraten, so atmete er nun auf, als die Haushälterin Käse auftischte, Camembert, Brie, Emmentaler, Gruyère, Tête de Moine, Vacherin, Limburger, Gorgonzola, und ließ dolus dolus sein, prostete mit dem Glatzköpfigen, der allein schwieg und auch nichts zu begreifen schien, und griff zu – bis auf einmal, unerwartet, der Staatsanwalt sich wieder an ihn wandte: »Herr Traps«, fragte er mit gesträubter Löwenmähne und hochrotem Gesicht, das Monokel in der linken Hand, »sind Sie immer noch mit Frau Gygax befreundet?«

Alle glotzten zu Traps hinüber, der Weißbrot mit Camembert in den Mund geschoben hatte und gemütlich kaute. Dann nahm er noch einen Schluck Château Pavie. Irgendwo tickte eine Uhr, und vom Dorfe her drangen noch einmal ferne Handorgelklänge, Männergesang – ›Heißt ein Haus zum Schweizerdegen‹.

Seit dem Tode Gygaxens, erklärte Traps, habe er das Frauchen nicht mehr besucht. Er wolle die brave Witwe schließlich nicht in Verruf bringen.

Seine Erklärung erweckte zu seiner Verwunderung aufs neue eine gespenstische, unbegreifliche Heiterkeit, man wurde noch übermütiger als zuvor, der Staatsanwalt schrie: »Dolo malo, dolo malo!«, brüllte griechische und lateinische Verse, zitierte Schiller und Goethe, während der kleine Richter die Kerzen ausblies, bis auf eine, die er dazu benutzte, mit den Händen hinter ihrer Flamme, laut meckernd und fauchend, die abenteuerlichsten Schattenbilder an die Wand zu werfen, Ziegen, Fledermäuse, Teufel und Waldschrate, wobei Pilet auf den Tisch trommelte, daß die Gläser, Teller, Platten tanzten: »Es kommt zum Todesurteil, es kommt zum Todesurteil!« Nur der Verteidiger machte nicht mit, schob die Platte zu Traps hin. Er solle nehmen, sie müßten sich am Käse gütlich tun, es bliebe nichts anderes mehr übrig.

Ein Château Margaux wurde gebracht. Damit kehrte die Ruhe wieder ein. Alle starrten auf den Richter, der die verstaubte Flasche (Jahrgang 1914) vorsichtig und umständlich zu entkorken begann, mit einem sonderbaren, altertümlichen Zapfenzieher, der es ihm ermöglichte, den Zapfen aus der liegenden Flasche zu ziehen, ohne sie aus dem Körbchen zu nehmen, eine Prozedur, die unter atemloser Spannung erfolgte, galt es doch, den Zapfen möglichst unbeschädigt zu lassen, war er doch der einzige Beweis, daß die Flasche wirklich aus dem Jahre 1914 stammte, da die vier Jahrzehnte die Etikette längst vernichtet hatten. Der Zapfen kam nicht ganz, der Rest mußte sorgfältig entfernt werden, doch war auf ihm noch die Jahrzahl zu lesen, er wurde von einem zum andern gereicht, berochen, bewundert und schließlich feierlich dem Generalvertreter übergeben, zum Andenken an den wunderschönen Abend, wie der Richter sagte. Der kostete den Wein nun vor, schnalzte, schenkte ein, worauf die andern zu riechen, zu schlürfen begannen, in Rufe des Entzückens ausbrachen, den splendiden Gastgeber priesen. Der Käse wurde herumgereicht, und der

Richter forderte den Staatsanwalt auf, sein »Anklageredchen« zu halten. Der verlangte vorerst neue Kerzen, es solle feierlich dabei zugehen, andächtig, Konzentration sei vonnöten, innere Sammlung. Simone brachte das Verlangte. Alle waren gespannt, dem Generalvertreter kam die Angelegenheit leicht unheimlich vor, er fröstelte, doch gleichzeitig fand er sein Abenteuer wundervoll, und um nichts auf der Welt hätte er darauf verzichten wollen. Nur sein Verteidiger schien nicht ganz zufrieden.

»Gut, Traps«, sagte er, »hören wir uns die Anklagerede an. Sie werden staunen, was Sie mit Ihren unvorsichtigen Antworten, mit Ihrer falschen Taktik angerichtet haben. War es vorher schlimm, so ist es nun katastrophal. Doch Courage, ich werde Ihnen schon aus der Patsche helfen, verlieren Sie nur nicht den Kopf dabei, wird Sie Nerven kosten, da heil durchzukommen.«

Es war soweit. Allgemeines Räuspern, Husten, noch einmal stieß man an, und der Staatsanwalt begann unter Gekicher und Geschmunzel seine Rede.

»Das Vergnügliche unseres Herrenabends«, sagte er, indem er sein Glas erhob, doch sonst sitzen blieb, »das Gelungene ist wohl, daß wir einem Mord auf die Spur gekommen sind, so raffiniert angelegt, daß er unserer staatlichen Justiz natürlicherweise mit Glanz entgangen ist.«

Traps stutzte, ärgerte sich mit einem Male. »Ich soll einen Mord begangen haben?« protestierte er, »na hören Sie, das geht mir etwas zu weit, schon der Verteidiger kam mit dieser faulen Geschichte«, aber dann besann er sich und begann zu lachen, unmäßig, kaum daß er sich beruhigen konnte, ein wunderbarer Witz, jetzt begreife er, man wolle ihm ein Verbrechen einreden, zum Kugeln, das sei einfach zum Kugeln.

Der Staatsanwalt sah würdig zu Traps hinüber, reinigte das Monokel, klemmte es wieder ein.

»Der Angeklagte«, sagte er, »zweifelt an seiner Schuld. Menschlich. Wer von uns kennt sich, wer von uns weiß von seinen Verbrechen und geheimen Untaten? Eins jedoch darf schon jetzt betont werden, bevor die Leidenschaften unseres Spiels von neuem aufbrausen: Falls Traps ein Mörder ist, wie ich behaupte, wie ich innig hoffe, stehen wir vor einer besonders feierlichen Stunde. Mit Recht. Es ist ein freudiges Ereignis, die Entdeckung eines Mordes, ein Ereignis, das unsere Herzen höher schlagen läßt, uns vor neue Aufgaben, Entscheidungen, Pflichten stellt, und so darf ich denn vor allem unserem lieben voraussichtlichen Täter gratulieren, ist es doch ohne Täter nicht gut möglich, einen Mord zu entdecken, Gerechtigkeit walten zu lassen. Auf ein besonderes Wohl denn unserem Freund, unserem bescheidenen Alfredo Traps, den ein wohlmeinendes Geschick in unsere Mitte brachte!«

Jubel brach aus, man erhob sich, trank auf das Wohl des Generalvertreters, der dankte, Tränen in den Augen, und versicherte, es sei sein schönster Abend.

Der Staatsanwalt, nun ebenfalls mit Tränen: »Sein schönster Abend, verkündet unser Verehrter, ein Wort, ein erschütterndes Wort. Denken wir an die Zeit zurück, da im Dienste des Staats ein trübes Handwerk zu verrichten war. Nicht als Freund stand uns damals der Angeklagte gegenüber, sondern als Feind; wen wir nun an unsere Brust drücken dürfen, hatten wir von uns zu stoßen. An meine Brust denn!«

Bei diesen Worten sprang er auf, riß Traps hoch und umarmte ihn stürmisch.

»Staatsanwalt, lieber, lieber Freund«, stammelte der Generalvertreter.

»Angeklagter, lieber Traps«, schluchzte der Staatsanwalt. »Sagen wir du zueinander. Heiße Kurt. Auf dein Wohl, Alfredo!«

»Auf dein Wohl, Kurt!«

Sie küßten sich, herzten, streichelten sich, tranken einander zu, Ergriffenheit breitete sich aus, die Andacht einer erblühenden Freundschaft. »Wie hat sich doch alles geändert«, jubelte der Staatsanwalt; »hetzten wir einst von Fall zu Fall, von Verbrechen zu Verbrechen, von Urteil zu Urteil, so begründen, entgegnen, referieren, disputieren, reden und erwidern wir jetzt mit Muße, Gemütlichkeit, Fröhlichkeit, lernen den Angeklagten schätzen, lieben, seine Sympathie schlägt uns entgegen, Verbrüderung hüben und drüben. Ist die erst hergestellt, fällt alles leicht, wird Verbrechen schwerelos, Urteil heiter. So laßt mich denn zum vollbrachten Mord Worte der Anerkennung sprechen. (Traps dazwischen, nun wieder in glänzendster Laune: »Beweisen, Kurtchen, beweisen!«) Berechtigterweise, denn es handelt sich um einen perfekten, um einen schönen Mord. Nun könnte der liebenswerte Täter darin einen burschikosen Zynismus finden, nichts liegt mir ferner; als ›schön‹ vielmehr darf seine Tat in zweierlei Hinsicht bezeichnet werden, in einem philosophischen und in einem technisch-virtuosen Sinne: Unsere Tafelrunde nämlich, verehrter Freund Alfredo, gab das Vorurteil auf, im Verbrechen etwas Unschönes zu erblicken, Schreckliches, in der Gerechtigkeit dagegen etwas Schönes, wenn auch vielleicht mehr Schrecklichschönes, nein, wir erkennen auch im Verbrechen die Schönheit als die Vorbedingung, die erst Gerechtigkeit möglich macht. Dies die philosophische Seite. Würdigen wir nun die technische Schönheit der Tat. Würdigung. Ich glaube das rechte Wort getroffen zu haben, will doch meine Anklagerede nicht eine Schreckensrede sein, die unseren Freund genieren, verwirren könnte, sondern eine Würdigung, die ihm sein Verbrechen aufweist, aufblühen läßt, zu Bewußtsein bringt: Nur auf dem reinen Sockel der Erkenntnis ist es möglich, das fugenlose Monument der Gerechtigkeit zu errichten.«

Der sechsundachtzigjährige Staatsanwalt hielt erschöpft inne. Er hatte trotz seinem Alter mit lauter schnarrender Stimme und mit großen Gesten geredet, dabei viel getrunken und gegessen. Nun wischte er sich den Schweiß mit der umgebundenen fleckigen Serviette von der Stirne, trocknete den verrunzelten Nacken. Traps war gerührt. Er saß schwer in seinem Sessel, träge vom Menu. Er war satt, doch von den vier Greisen wollte er sich nicht ausstechen lassen, wenn er sich auch gestand, daß der Riesenappetit der Alten und deren Riesendurst ihm zu schaffen machten. Er war ein wackerer Esser, doch eine solche Vitalität und Gefräßigkeit war ihm noch nie vorgekommen. Er staunte, glotzte träge über den Tisch, geschmeichelt von der Herzlichkeit, mit der ihn der Staatsanwalt behandelte, hörte von der Kirche her mit feierlichen Schlägen zwölf schlagen, und dann dröhnte ferne, nächtlich der Chor der Kleinviehzüchter: »Unser Leben gleicht der Reise ...«

»Wie im Märchen«, staunte der Generalvertreter immer wieder, »wie im Märchen«, und dann: »Einen Mord soll ich begangen haben, ausgerechnet ich? Nimmt mich nur wunder, wie.«

Unterdessen hatte der Richter eine weitere Flasche

Château Margaux 1914 entkorkt, und der Staatsanwalt, wieder frisch, begann von neuem.

»Was ist nun geschehen«, sagte er, »wie entdeckte ich, daß unserem lieben Freund ein Mord nachzurühmen sei, und nicht nur ein gewöhnlicher Mord, nein, ein virtuoser Mord, der ohne Blutvergießen, ohne Mittel wie Gift, Pistolen und dergleichen durchgeführt worden ist?«

Er räusperte sich, Traps starrte, Vacherin im Mund, gebannt auf ihn.

Als Fachmann müsse er durchaus von der These ausgehen, fuhr der Staatsanwalt fort, daß ein Verbrechen hinter jedem Vorgang, hinter jeder Person lauern könne. Die erste Ahnung, in Herrn Traps einen vom Schicksal Begünstigten und mit einem Verbrechen Begnadeten getroffen zu haben, sei dem Umstand zu verdanken gewesen, daß der Textilreisende noch vor einem Jahr einen alten Citroën gefahren habe und nun mit einem Studebaker herumstolziere. »Nun weiß ich allerdings«, sagte er weiter, »daß wir in einer Zeit der Hochkonjunktur leben, und so war die Ahnung noch vage, mehr dem Gefühl vergleichbar, vor einem freudigen Erlebnis zu stehen, eben vor der Entdeckung eines Mords. Daß unser lieber Freund den Posten seines Chefs übernommen hat, daß er den Chef verdrängen mußte, daß der Chef gestorben ist, all diese Tatsachen waren noch keine Beweise, sondern erst Momente, die jenes Gefühl bestärkten, fundierten. Verdacht, logisch unterbaut, kam erst hoch, als zu erfahren war, woran dieser sagenhafte Chef starb: an einem Herzinfarkt. Hier galt es anzusetzen, zu kombinieren, Scharfsinn, Spürsinn aufzubieten, diskret vorzugehen, sich an die Wahrheit heranzupirschen, das Gewöhnliche als das Außergewöhnliche zu erkennen,

Bestimmtes im Unbestimmten zu sehen, Umrisse im Nebel, an einen Mord zu glauben, gerade weil es absurd schien, einen Mord anzunehmen. Überblicken wir das vorhandene Material. Entwerfen wir ein Bild des Verstorbenen. Wir wissen wenig von ihm; was wir wissen, entnehmen wir den Worten unseres sympathischen Gastes. Herr Gygax war der Generalvertreter des Hephaiston-Kunststoffes, dem wir all die angenehmen Eigenschaften, die ihm unser liebster Alfredo nachsagt, gerne zutrauen. Er war ein Mensch, dürfen wir folgern, der aufs Ganze ging, seine Untergebenen rücksichtslos ausnutzte, der Geschäfte zu machen verstand, wenn auch die Mittel, mit denen er diese Geschäfte abschloß, oft mehr als bedenklich waren.«

»Das stimmt«, rief Traps begeistert, »der Gauner ist vollendet getroffen!«

»Weiter dürfen wir schließen«, fuhr der Staatsanwalt fort, »daß er gegen außen gern den Robusten, den Kraftmeier, den erfolgreichen Geschäftsmann spielte, jeder Situation gewachsen und mit allen Wassern gewaschen, weshalb Gygax denn auch die schwere Herzkrankheit aufs sorgsamste geheimhielt, auch hier zitieren wir Alfredo, nahm er doch dieses Leiden in einer Art trotziger Wut hin, wie wir uns denken können, als einen persönlichen Prestigeverlust sozusagen.«

»Wunderbar«, staunte der Generalvertreter, das sei geradezu Hexerei, und er würde wetten, daß Kurt mit dem Verstorbenen bekannt gewesen sei.

Er solle doch schweigen, zischte der Verteidiger.

»Dazu kommt«, erklärte der Staatsanwalt, »wollen wir das Bild des Herrn Gygax vervollständigen, daß der Verstorbene seine Frau vernachlässigte, die wir uns als ein leckeres und gutgebautes Frauenzimmerchen zu denken haben – wenigstens hat sich unser Freund so ungefähr ausgedrückt. Für Gygax zählte nur der Erfolg, das Geschäft, das Äußere, die Fassade, und wir können mit einer gewissen Wahrscheinlichkeit vermuten, daß er von der Treue seiner Frau überzeugt und der Meinung gewesen war, eine zu außergewöhnliche Erscheinung zu sein und ein zu exzeptionelles Mannsbild, um bei seiner Gattin auch nur den Gedanken an einen Ehebruch hochkommen zu lassen, weshalb es denn für ihn ein harter Schlag gewesen sein müßte, hätte er von der Untreue seiner Frau mit unserem Casanova von der Schlaraffia erfahren.«

Alle lachten, und Traps schlug sich auf die Schenkel. »Er war es auch«, bestätigte er strahlend die Vermutung des Staatsanwalts. »Es gab ihm den Rest, als er dies erfuhr.«

»Sie sind einfach toll«, stöhnte der Verteidiger.

Der Staatsanwalt hatte sich erhoben und sah glücklich zu Traps hinüber, der mit seinem Messer am Tête de Moine schabte. »Ei«, fragte er, »wie erfuhr er denn davon, der alte Sünder? Gestand ihm sein leckeres Frauchen?«

»Dazu war es zu feige, Herr Staatsanwalt«, antwortete Traps, »es fürchtete sich vor dem Gangster gewaltig.«

»Kam Gygax selber dahinter?«

»Dazu war er zu eingebildet.«

»Gestandest etwa du, mein lieber Freund und Don Juan?«

Traps bekam unwillkürlich einen roten Kopf: »Aber nein, Kurt«, sagte er, »was denkst du auch. Einer seiner sauberen Geschäftsfreunde klärte den alten Gauner auf.«

»Wieso denn?«

»Wollte mich schädigen. War mir immer feindlich gesinnt.«

»Menschen gibt's«, staunte der Staatsanwalt. »Doch wie erfuhr denn dieser Ehrenmann von deinem Verhältnis?«

»Habe es ihm erzählt.«

»Erzählt?«

»Na ja – bei einem Glase Wein. Was erzählt man nicht alles.«

»Zugegeben«, nickte der Staatsanwalt, »aber du sagtest doch eben, daß dir der Geschäftsfreund des Herrn Gygax feindlich gesinnt war. Bestand da nicht von *vornherein* die Gewißheit, daß der alte Gauner alles erfahren würde?«

Nun mischte sich der Verteidiger energisch ein, erhob sich sogar, schweißübergossen, der Kragen seines Gehrocks aufgeweicht. Er möchte Traps darauf aufmerksam machen, erklärte er, daß diese Frage nicht beantwortet werden müsse.

Traps war anderer Meinung.

»Warum denn nicht?« sagte er. »Die Frage ist doch ganz harmlos. Es konnte mir doch gleichgültig sein, ob Gygax davon erführe oder nicht. Der alte Gangster handelte mir gegenüber derart rücksichtslos, daß ich nun wirklich nicht den Rücksichtsvollen spielen mußte.«

Einen Augenblick war es wieder still im Zimmer, totenstill, dann brach Tumult aus, Übermut, homerisches Gelächter, ein Orkan an Jubel. Der Glatzköpfige, Schweigsame umarmte Traps, küßte ihn, der Verteidiger verlor den Zwicker vor Lachen, einem solchen Angeklagten könne man einfach nicht böse sein, während der Richter und der Staatsanwalt im Zimmer herumtanzten, an die Wände polterten, sich die Hände schüttelten, auf die Stühle kletterten, Flaschen zerschmetterten, vor Vergnügen den unsinnigsten Schabernack trieben. Der Angeklagte gestehe aufs neue, krächzte der Staatsanwalt mächtig ins Zimmer, nun auf der Lehne eines Stuhles sitzend, der liebe Gast sei nicht genug zu rühmen, er spiele das Spiel vortrefflich. »Der Fall ist deutlich, die letzte Gewißheit gegeben«, fuhrt er fort, auf dem schwankenden Stuhl wie ein verwittertes barockes Monument. »Betrachten wir den Verehrten, unseren liebsten Alfredo! Diesem Gangster von einem Chef war er also ausgeliefert und er fuhr in seinem Citroën durch die Gegend. Noch vor einem Jahr! Er hätte stolz darauf sein können, unser Freund, dieser Vater von vier Kinderchen, dieser Sohn eines Fabrikarbeiters. Und mit Recht. Noch im Kriege war er Hausierer gewesen, nicht einmal das, ohne Patent, ein Vagabund mit illegitimer Textilware, ein kleiner Schwarzhändler, mit der Bahn von Dorf zu Dorf oder zu Fuß über Feldwege, oft kilometerweit durch dunkle Wälder nach fernen Höfen, eine schmutzige Ledertasche umgehängt, oder gar einen Korb, einen halbgeborstenen Koffer in der Hand. Nun hatte er sich verbessert, in ein Geschäft eingenistet, war Mitglied der liberalen Partei, im Gegensatz zu seinem Marxistenvater. Doch wer ruht auf dem Aste aus, der endlich erklettert ist, wenn über ihm, dem Wipfel zu, poetisch gesagt, sich weitere Äste mit noch besseren Früchten zeigen? Zwar verdiente er gut, flitzte mit seinem Citroën von Textilgeschäft zu Textilgeschäft, die Maschine war nicht schlecht, doch unser lieber Alfredo sah links und rechts neue Modelle auftauchen, vorbeisausen, ihm entgegenbrausen und ihn überholen. Der Wohlstand stieg im Land, wer wollte da nicht mittun?«

»Ganz genau so war es, Kurt«, strahlte Traps. »Ganz genau so.«

Der Staatsanwalt war nun in seinem Element, glücklich, zufrieden wie ein reich beschertes Kind.

»Das war leichter beschlossen als getan«, erläuterte er, immer noch auf der Lehne seines Stuhls, »sein Chef ließ ihn nicht hochkommen, bösartig, zäh nützte er ihn aus, gab ihm Vorschüsse auf neue Bindungen, wußte ihn immer unbarmherziger zu fesseln!«

»Sehr richtig«, schrie der Generalvertreter empört. »Sie haben keine Ahnung, meine Herren, wie ich in die Zange genommen wurde vom alten Gangster!«

»Da mußte aufs Ganze gegangen werden«, sagte der Staatsanwalt.

»Und wie!« bestätigte Traps.

Die Zwischenrufe des Angeklagten befeuerten den Staatsanwalt, er stand nun auf dem Stuhl, die Serviette, die er wie eine Fahne schwang, bespritzt mit Wein, Salat auf der Weste, Tomatensauce, Fleischreste. »Unser lieber Freund ging zuerst geschäftlich vor, auch hier nicht ganz fair, wie er selber zugibt. Wir können uns ungefähr ein Bild machen, wie. Er setzte sich heimlich mit den Lieferanten seines Chefs in Verbindung, sondierte, versprach bessere Bedingungen, stiftete Verwirrung, unterredete sich mit anderen Textilreisenden, schloß Bündnisse und gleichzeitig Gegenbündnisse. Doch dann kam er auf die Idee, noch einen anderen Weg einzuschlagen.«

»Noch einen andern Weg?« staunte Traps.

Der Staatsanwalt nickte. »Dieser Weg, meine Herren, führte über das Kanapee in der Wohnung Gygaxens direkt in dessen Ehebett.«

Alles lachte, besonders Traps. »Wirklich«, bestätigte

er, »es war ein böser Streich, den ich da dem alten Gangster spielte. Die Situation war aber auch zu komisch, denke ich zurück. Ich habe mich zwar bis jetzt eigentlich geschämt, dies zu tun, wer ist sich gern über sich selber im klaren, ganz saubere Wäsche hat ja keiner, doch unter so verständnisvollen Freunden wird die Scham etwas Lächerliches, Unnötiges. Merkwürdig! Ich fühle mich verstanden und beginne auch mich zu verstehen, als mache ich mit einem Menschen Bekanntschaft, der ich selber bin, den ich vorher nur von ungefähr kannte als einen Generalvertreter in einem Studebaker, mit Frau und Kind irgendwo.«

»Wir stellen mit Vergnügen fest«, sagte darauf der Staatsanwalt mit Wärme und Herzlichkeit, »daß unserem Freunde ein Lichtchen aufgeht. Helfen wir weiter, damit es taghell werde. Spüren wir seinen Motiven nach mit dem Eifer fröhlicher Archäologen, und wir stoßen auf die Herrlichkeit versunkener Verbrechen. Er begann mit Frau Gygax ein Verhältnis. Wie kam er dazu? Er sah das leckere Frauenzimmerchen, können wir uns ausdenken. Vielleicht war es einmal spät abends, vielleicht im Winter, so um sechs herum (Traps: »Um sieben, Kurtchen, um sieben!«), als die Stadt schön nächtlich war, mit goldenen Straßenlaternen, mit erleuchteten Schaufenstern und Kinos und grünen und gelben Leuchtreklamen überall, gemütlich, wollüstig, verlockend. Er war mit dem Citroën über die glitschigen Straßen nach dem Villenviertel gefahren, wo sein Chef wohnte (Traps begeistert dazwischen: »Ja, ja, Villenviertel!«), eine Mappe unter dem Arm, Aufträge, Stoffmuster, eine wichtige Entscheidung war zu fällen, doch befand sich Gygaxens Limousine nicht an ihrem gewohnten Platz am Trottoirrand, trotzdem ging er durch den dunklen Park, läutete, Frau Gygax öffnete, ihr Gatte käme heute nicht nach Hause und ihr Dienstmädchen sei ausgegangen, sie war im Abendkleid, oder, noch besser, im Bademantel, trotzdem solle doch Traps einen Aperitif nehmen, sie lade ihn herzlich ein, und so saßen sie im Salon beieinander.«

Traps staunte. »Wie du das alles weißt, Kurtchen! Das ist ja wie verhext!«

»Übung«, erklärte der Staatsanwalt. »Die Schicksale spielen sich alle gleich ab. Es war nicht einmal eine Verführung, weder von seiten Trapsens noch von jener der Frau, es war eine Gelegenheit, die er ausnützte. Sie war allein und langweilte sich, dachte an nichts Besonderes, war froh, mit jemandem zu sprechen, die Wohnung angenehm warm, und unter dem Bademantel mit den bunten Blumen trug sie nur das Nachthemd, und als Traps neben ihr saß und ihren weißen Hals sah, den Ansatz ihrer Brust, und als sie plauderte, böse über ihren Mann, enttäuscht, wie unser Freund wohl spürte, begriff er erst, daß er hier ansetzen müsse, als er schon angesetzt hatte, und dann erfuhr er bald alles über Gygax, wie bedenklich es mit seiner Gesundheit stehe, wie jede große Aufregung ihn töten könne, sein Alter, wie grob und böse er mit seiner Frau sei und wie felsenfest überzeugt von ihrer Treue, denn von einer Frau, die sich an ihrem Mann rächen will, erfährt man alles, und so fuhr er fort mit dem Verhältnis, denn nun war es eben seine Absicht, denn nun ging es ihm darum, seinen Chef mit allen Mitteln zu ruinieren, komme was da wolle, und so kam denn der Augenblick, wo er alles in der Hand hatte, Geschäftspartner, Lieferanten, die weiße, mollige, nackte Frau in den Nächten, und so zog er die Schlinge zu beschwor den Skandal herauf. Absichtlich. Auch darüber sind wir nun schon im Bilde: Trauliche Dämmerstunde, Abendstunde auch hier. Unseren Freund finden wir in einem Restaurant, sagen wir in einer Weinstube der Altstadt, etwas überheizt, alles währschaft, patriotisch, gediegen, auch die Preise, Butzenscheiben, der stattliche Wirt (Traps: »Im Rathauskeller, Kurtchen!«), die stattliche Wirtin, wie wir nun korrigieren müssen, umrahmt von den Bildern der toten Stammgäste, ein Zeitungsverkäufer, der durchs Lokal wandert, es wieder verläßt, später Heilsarmee, Lieder singend, ›Laßt den Sonnenschein herein‹, einige Studenten, ein Professor, auf einem Tisch zwei Gläser und eine gute Flasche, man läßt sich's was kosten, in der Ecke endlich, bleich, fett, schweißbetaut mit offenem Kragen, schlagflüssig wie das Opfer, auf das nun gezielt wird, der saubere Geschäftsfreund, verwundert, was dies alles zu bedeuten, weshalb Traps ihn auf einmal eingeladen habe, aufmerksam zuhörend, aus Trapsens eigenem Munde den Ehebruch vernehmend, um dann, Stunden später, wie es nicht anders sein konnte und wie es unser Alfredo vorausgesehen hatte, zum Chef zu eilen, aus Pflichtgefühl, Freundschaft und innerem Anstand den Bedauernswerten aufzuklären.«

»So ein Heuchler!«, rief Traps, gebannt mit runden glänzenden Augen der Schilderung des Staatsanwalts zuhörend, glücklich, die Wahrheit zu erfahren, seine stolze, kühne, einsame Wahrheit.

Dann:

»So kam denn das Verhängnis, der genau berechnete Augenblick, da Gygax alles erfuhr, noch konnte der alte Gangster heimfahren, stellen wir uns vor, wuterfüllt, schon im Wagen Schweißausbruch, Schmerzen in der Herzgegend, zitternde Hände, Polizisten, die ärgerlich pfiffen, Verkehrszeichen, die übersehen wurden, mühsamer Gang von der Garage zur Haustüre, Zusammenbruch, noch im Korridor vielleicht, während ihm die Gattin entgegentrat, das schmucke leckere Frauenzimmerchen; es ging nicht sehr lange, der Arzt gab noch Morphium, dann hinüber, endgültig, noch ein unwichtiges Röcheln, Aufschluchzen von seiten der Gattin, Traps, zu Hause im Kreise seiner Lieben, nimmt das Telephon ab, Bestürzung, innerer Jubel, Es-ist-erreicht-Stimmung, drei Monate später Studebaker.«

Erneutes Gelächter. Der gute Traps, von einer Verblüffung in die andere gerissen, lachte mit, wenn auch leicht verlegen, kratzte sich im Haar, nickte dem Staatsanwalt anerkennend zu, doch nicht unglücklich. Er war sogar guter Laune. Er fand den Abend aufs beste gelungen; daß man ihm einen Mord zumutete, bestürzte ihn zwar ein wenig und machte ihn nachdenklich, ein Zustand, den er jedoch als angenehm empfand, stieg doch eine Ahnung von höheren Dingen, von Gerechtigkeit, von Schuld und Sühne in ihm hoch, erfüllte ihn mit Staunen. Die Furcht, die er nicht vergessen hatte, die ihn im Garten, und dann später bei den Heiterkeitsausbrüchen der Tafelrunde überfallen hatte, kam ihm jetzt unbegründet vor, erheiterte ihn. Alles war so menschlich. Er war gespannt auf das Weitere. Die Gesellschaft siedelte in den Salon zum schwarzen Kaffee über, torkelnd, mit stolperndem Verteidiger, in einen mit Nippsachen und Vasen überladenen Raum. Enorme Stiche an den Wänden, Stadtansichten, Historisches, Rütlischwur, Schlacht bei Laupen, Untergang der Schweizergarde, das Fähnlein der sieben Aufrechten, Gipsdecke, Stukkatur, in der Ecke ein Flügel, bequeme Sessel, niedrig, riesig, Stickereien darauf, fromme Sprüche, ›Wohl dem, der den Weg des Gerechten wandelt‹, ›Ein gutes Gewissen ist das beste Ruhekissen‹. Durch die offenen Fenster sah man die Landstraße, ungewiß zwar in der Dunkelheit, mehr Ahnung, doch märchenhaft, versunken, mit schwebenden Lichtern und Scheinwerfern der Automobile, die in dieser Stunde nur spärlich rollten, ging es doch gegen zwei. Was Mitreißenderes als die Rede Kurtchens habe er noch gar nicht erlebt, meinte Traps. Im wesentlichen sei dazu nicht viel zu bemerken, einige leise Berichtigungen, gewiß, die seien angebracht. So sei der saubere Geschäftsfreund etwa klein und hager gewesen, und mit steifem Kragen, durchaus nicht verschwitzt, und Frau Gygax habe ihn nicht in einem Bademantel empfangen, sondern in einem freilich weit ausgeschnittenen Kimono, so daß ihre herzliche Einladung auch bildlich gemeint gewesen sei – das war einer seiner Witze, ein Exempel seines bescheidenen Humors –, auch habe der verdiente Infarkt den Obergangster nicht im Hause, sondern in seinen Lagerräumen getroffen, während eines Föhnsturms, noch eine Einlieferung ins Spital, dann Herzriß und Abgang, doch dies sei, wie gesagt, unwesentlich, und vor allem stimme es genau, was da sein prächtiger Busenfreund und Staatsanwalt erläutert habe, er hätte sich wirklich mit Frau Gygax nur eingelassen, um den alten Gauner zu ruinieren, ja, er erinnere sich nun deutlich, wie er in dessen Bett über dessen Gattin auf dessen Photographie gestarrt habe, auf dieses unsympathische, dicke Gesicht mit der Hornbrille vor den glotzenden Augen, und wie die Ahnung als eine wilde Freude über ihn gekommen sei, mit dem, was er nun so lustig und eifrig betreibe, ermorde er recht eigentlich seinen Chef, mache er ihm kaltblütig den Garaus.

Man saß schon in den weichen Sesseln mit den frommen Sprüchen, als dies Traps erklärte, griff nach den heißen Kaffeetäßchen, rührte mit den Löffelchen, trank dazu einen Kognak auf dem Jahre 1893, Roffignac, aus großen bauchigen Gläsern.

Somit komme er zum Strafantrag, verkündete der Staatsanwalt, quer in einem monströsen Backensessel sitzend, die Beine mit den verschiedenen Socken (grauschwarz kariert – grün) über eine Lehne hochgezogen. Freund Alfredo habe nicht dolo indirecto gehandelt, als wäre der Tod nur zufällig erfolgt, sondern dolo malo, mit böswilligem Vorsatz, worauf ja schon die Tatsachen wiesen, daß er einerseits selbst den Skandal provoziert, anderseits nach dem Tode des Obergangsters dessen leckeres Frauchen nicht mehr besucht habe, woraus zwangsläufig folge, daß die Gattin nur ein Werkzeug für seine blutrünstigen Pläne gewesen sei, die galante Mordwaffe sozusagen, daß somit ein Mord vorliege, auf eine psychologische Weise durchgeführt, derart, daß, außer einem Ehebruch, sich nichts Gesetzwidriges ereignet habe, freilich scheinbar nur, weshalb er denn, da sich dieser Schein nun verflüchtigt, ja nachdem der teure Angeklagte selbst aufs freundlichste gestanden, als Staatsanwalt das Vergnügen habe – und damit komme er an den Schluß seiner Würdigung –, vom hohen Richter die Todesstrafe für Alfredo Traps zu fordern als Belohnung für ein Verbrechen, das Bewunderung, Staunen, Respekt verdiene und ein Anrecht darauf habe, als eines der außerordentlichsten des Jahrhunderts zu gelten.

Man lachte, klatschte Beifall und stürzte sich auf die Torte, die Simone nun hereinbrachte. Zur Krönung des Abends, wie sie sagte. Draußen stieg als Attraktion ein später Mond auf, eine schmale Sichel, mäßiges Rauschen in den Bäumen, sonst Stille, auf der Straße nur selten noch ein Automobil, dann irgendein verspäteter Heimkehrer, vorsichtig, leicht im Zickzack. Der Generalvertreter fühlte sich geborgen, saß neben Pilet in einem weichen plauschigen Kanapee, Spruch: ›Hab oft im Kreise der Lieben‹, legte den Arm um den Schweigsamen, der nur von Zeit zu Zeit ein staunendes »Fein« mit windigem, zischendem F verlauten ließ, schmiegte sich an seine pomadige Eleganz. Mit Zärtlichkeit. Mit Gemütlichkeit. Wange an Wange. Der Wein hatte ihn schwer und friedlich gemacht, er genoß es, in der verständnisvollen Gesellschaft wahr, sich selber zu sein, kein Geheimnis mehr zu haben, weil keines mehr nötig war, gewürdigt zu sein, verehrt, geliebt, verstanden, und der Gedanke, einen Mord begangen zu haben, überzeugte ihn immer mehr, rührte ihn, verwandelte sein Leben, machte es schwieriger, heldischer, kostbarer. Er begeisterte ihn geradezu. Er hatte den Mord geplant und ausgeführt – stellte er sich nun vor –, um vorwärtszukommen, aber dies nicht eigentlich beruflich, aus finanziellen Gründen etwa, aus dem Wunsche nach einem Studebaker heraus, sondern – das war das Wort – um ein wesentlicher, ein tieferer Mensch zu werden, wie ihm schwante – hier an der Grenze seiner Denkkraft –, würdig der Verehrung, der Liebe von gelehrten, studierten Männern, die ihm nun – selbst Pilet – wie jene urweltlichen Magier vorkamen, von denen er einmal im ›Reader's Digest‹ gelesen hatte, die jedoch nicht nur das Geheimnis der

Sterne, sondern mehr, auch das Geheimnis der Justiz kannten (er berauschte sich an diesem Wort), welche er in seinem Textilbranchenleben nur als eine abstrakte Schikane gekannt hatte und die nun wie eine ungeheure, unbegreifliche Sonne über seinen beschränkten Horizont stieg, als eine nicht ganz begriffene Idee, die ihn darum nur um so mächtiger erschauern, erbeben ließ; und so hörte er denn, goldbraunen Kognak schlürfend, zuerst tief verwundert, dann immer entrüsteter den Ausführungen des dicken Verteidigers zu, diesen eifrigen Versuchen, seine Tat in etwas Gewöhnliches, Bürgerliches, Alltägliches zurückzuverwandeln. Er habe mit Vergnügen der erfindungsreichen Rede des Herrn Staatsanwalts zugehört, führte Herr Kummer aus, den Zwicker vom roten, aufgequollenen Fleischklumpen seines Gesichts hebend und mit kleinen, zierlichen geometrischen Gesten dozierend. Gewiß, der alte Gangster Gygax sei tot, sein Klient habe schwer unter ihm zu leiden gehabt, sich auch in eine wahre Animosität gegen ihn hineingesteigert, ihn zu stürzen versucht, wer wolle dies bestreiten, wo komme dies nicht vor, phantastisch sei es nur, diesen Tod eines herzkranken Geschäftsmannes als Mord hinzustellen (»Aber ich habe doch gemordet!« protestierte Traps, wie aus allen Wolken gefallen). Im Gegensatz zum Staatsanwalt halte er den Angeklagten für unschuldig, ja nicht zur Schuld fähig (Traps dazwischen, nun schon erbittert: »Aber ich bin doch schuldig!«) Der Generalvertreter des Hephaiston-Kunststoffes sei ein Beispiel für viele. Wenn er ihn als der Schuld unfähig bezeichne, so wolle er damit nicht behaupten, daß er schuldlos sei, im Gegenteil. Traps sei vielmehr verstrickt in alle möglichen Arten von Schuld, er ehebrüchle, schwindle sich durchs

Leben mit einer gewissen Bösartigkeit bisweilen, aber nicht etwa so, daß sein Leben nur aus Ehebruch und Schwindelei bestände, nein, nein, es habe auch seine positiven Seiten, durchaus seine Tugenden. Freund Alfredo sei fleißig, hartnäckig, ein treuer Freund seiner Freunde, versuche seinen Kindern eine bessere Zukunft zu ermöglichen, staatspolitisch zuverlässig, man nehme alles nur in allem, nur sei er vom Unkorrekten wie angesäuert, leicht verdorben, wie dies eben bei manchem Durchschnittsleben der Fall sei, der Fall sein müsse, doch gerade deshalb wieder sei er zur großen, reinen, stolzen Schuld, zur entschlossenen Tat, zum eindeutigen Verbrechen nicht fähig. (Traps: »Verleumdung, pure Verleumdung!«) Er sei nicht ein Verbrecher, sondern ein Opfer der Epoche, des Abendlandes, der Zivilisation, die, ach, den Glauben (immer wolkiger werdend), das Christentum, das Allgemeine mehr und mehr verloren habe, chaotisch sei, so daß dem Einzelnen kein Leitstern blinke, Verwirrung, Verwilderung als Resultat auftrete, Faustrecht und Fehlen einer wahren Sittlichkeit. Was sei nun geschehen? Dieser Durchschnittsmensch sei gänzlich unvorbereitet einem raffinierten Staatsanwalt in die Hände gefallen. Sein instinktives Walten und Schalten in der Textilbranche, sein Privatleben, all die Abenteuer eines Daseins, das sich aus Geschäftsreisen, aus dem Kampf um den Brotkorb und aus mehr oder weniger harmlosen Vergnügungen zusammengesetzt habe, seien nun durchleuchtet, durchforscht, seziert worden, unzusammenhängende Tatsachen seien zusammengeknüpft, ein logischer Plan ins Ganze geschmuggelt, Vorfälle als Ursachen von Handlungen dargestellt worden, die auch gut hätten anders geschehen können, Zufall hätte man in Absicht, Gedankenlosigkeit in Vorsatz verdreht, so daß schließlich zwangsläufig dem Verhör ein Mörder entsprungen sei wie dem Zylinder des Zauberers ein Kaninchen. (Traps: »Das ist nicht wahr!«) Betrachte man den Fall Gygax nüchtern, objektiv, ohne den Mystifikationen des Staatsanwalts zu erliegen, so komme man zum Resultat, daß der alte Gangster seinen Tod im wesentlichen sich selbst zu verdanken habe, seinem unordentlichen Leben, seiner Konstitution. Was die Managerkrankheit bedeute, wisse man zur Genüge, Unrast, Lärm, zerrüttete Ehe und Nerven, doch sei am eigentlichen Infarkt der Föhnsturm schuld gewesen, den Traps erwähnt habe, gerade der Föhn spiele bei Herzgeschichten eine Rolle (Traps: »Lächerlich!«), so daß es sich eindeutig um einen bloßen Unglücksfall handle. Natürlich sei sein Klient rücksichtslos vorgegangen, doch sei er nun eben den Gesetzen des Geschäftslebens unterworfen, wie er ja selber immer wieder betone, natürlich hätte er oft seinen Chef am liebsten getötet, was denke man nicht alles, was tue man nicht alles in Gedanken, aber eben nur in Gedanken, eine Tat außerhalb dieser Gedanken sei weder vorhanden noch feststellbar. Es sei absurd, dies anzunehmen, noch absurder jedoch, wenn sich sein Klient nun selber einbilde, einen Mord begangen zu haben, er habe gleichsam zu seiner Autopanne noch eine zweite, eine geistige Panne erlitten, und somit beantrage er, der Verteidiger, für Alfredo Traps den Freispruch usw. usw. Immer mehr ärgerte den Generalvertreter dieser wohlmeinende Nebel, mit dem sein schönes Verbrechen zugedeckt wurde, in welchem es sich verzerrte, auflöste, unwirklich, schattenhaft, ein Produkt des Barometerstandes wurde. Er fühlte sich unterschätzt, und so begehrte er denn auch weiterhin auf, kaum hatte der Verteidiger geendet. Er erklärte, entrüstet und sich erhebend, einen Teller mit einem neuen Stück Torte in der Rechten, sein Glas Roffignac in der Linken, er möchte, bevor es zum Urteil komme, nur noch einmal auf das bestimmteste beteuern, daß er der Rede des Staatsanwalts zustimme – Tränen traten hier in seine Augen –, es sei ein Mord gewesen, ein bewußter Mord, das sei ihm jetzt klar, die Rede des Verteidigers dagegen habe ihn tief enttäuscht, ja entsetzt, gerade von ihm hätte er Verständnis erhofft, erhoffen dürfen, und so bitte er um das Urteil, mehr noch, um Strafe, nicht aus Kriecherei, sondern aus Begeisterung, denn erst in dieser Nacht sei ihm aufgegangen, was es heiße, ein *wahrhaftes* Leben zu führen (hier verwirrte sich der Gute, Wackere), wozu eben die höheren Ideen der Gerechtigkeit, der Schuld und der Sühne nötig seien wie jene chemischen Elemente und Verbindungen, aus denen sein Kunststoff zusammengebraut werde, um bei seiner Branche zu bleiben, eine Erkenntnis, die ihn neu geboren habe, jedenfalls – sein Wortschatz außerhalb seines Berufs gestalte sich etwas dürftig, man möge verzeihen, so daß er kaum auszudrücken in der Lage sei, was er eigentlich meine – jedenfalls scheine ihm Neugeburt der gemäße Ausdruck für das Glück zu sein, das ihn nun wie ein mächtiger Sturmwind durchwehe, durchbrause, durchwühle.

So kam es denn zum Urteil, das der kleine, nun auch schwerbetrunkene Richter unter Gelächter, Gekreisch, Jauchzen und Jodelversuchen (des Herrn Pilet) bekanntgab, mit Mühe, denn nicht nur, daß er auf den Flügel in der Ecke geklettert war, oder besser, in den Flügel, denn er hatte ihn vorher geöffnet, auch die Sprache selbst machte hartnäckige Schwierigkeiten. Er stolperte über Wörter, andere verdrehte er wieder oder er verstümmelte sie, fing Sätze an, die er nicht mehr bewältigen konnte, knüpfte an an solche, deren Sinn er längst vergessen hatte, doch war der Gedankengang im großen und ganzen noch zu erraten. Er ging von der Frage aus, wer denn recht habe, der Staatsanwalt oder der Verteidiger, ob Traps eines der außerordentlichsten Verbrechen des Jahrhunderts begangen habe oder unschuldig sei. Keiner der beiden Ansichten könne er so recht beistimmen. Traps sei zwar wirklich dem Verhör des Staatsanwaltes nicht gewachsen gewesen, wie der Verteidiger meine, und habe aus diesem Grunde vieles zugegeben, was sich in dieser Form nicht ereignet habe, doch habe er dann wieder gemordet, freilich nicht aus teuflischem Vorsatz, nein, sondern allein dadurch, daß er sich die Gedankenlosigkeit der Welt zu eigen gemacht habe, in der er als Generalvertreter des Hephaiston-Kunststoffes nun einmal lebe. Er habe getötet, weil es ihm das Natürlichste sei, jemanden an die Wand zu drücken, rücksichtslos vorzugehen, geschehe, was da wolle. In der Welt, die er mit seinem Studebaker durchsause, wäre ihrem lieben Alfredo nichts geschehen, hätte ihm nichts geschehen können, doch nun habe er die Freundlichkeit gehabt, zu ihnen zu kommen in ihre stille weiße Villa (hier wurde nun der Richter nebelhaft und brachte das Folgende eigentlich nur noch unter freudigem Schluchzen hervor, unterbrochen hin und wieder von einem gerührten, gewaltigen Niesen, wobei sein kleiner Kopf von einem mächtigen Taschentuch umhüllt wurde, was ein immer gewaltigeres Gelächter der übrigen hervorrief), zu vier alten Männern, die in seine Welt hineingeleuchtet hätten mit dem reinen Strahl der Gerechtigkeit, die freilich seltsame Züge trage, er wisse, wisse, wisse es, aus vier verwitterten Gesichtern grinse, sich im Monokel eines greisen Staatsanwaltes spiegle, im Zwicker eines dicken Verteidigers, aus dem zahnlosen Munde eines betrunkenen, schon etwas lallenden Richters kichere und auf der Glatze eines abgedankten Henkers rot aufleuchte (die andern, ungeduldig über diese Dichterei: »Das Urteil, das Urteil!«), die eine groteske, schrullige, pensionierte Gerechtigkeit sei, aber auch als solche eben *die* Gerechtigkeit (die andern im Takt: »Das Urteil, das Urteil!«), in deren Namen er nun ihren besten, teuersten Alfredo zum Tode verurteile (der Staatsanwalt, der Verteidiger, der Henker und Simone: Hallo und Juchhei; Traps, nun auch schluchzend vor Rührung: »Dank, lieber Richter, Dank!«), obgleich juristisch nur darauf gestützt, daß der Verurteilte sich selbst als schuldig bekenne. Dies sei schließlich das Wichtigste. So freue es ihn denn, ein Urteil abgegeben zu haben, das der Verurteilte so restlos anerkenne, die Würde des Menschen verlange keine Gnade, und freudig nehme denn auch ihr verehrter Gastfreund die Krönung seines Mordes entgegen, die, wie er hoffe, unter nicht weniger angenehmen Umständen erfolgt sei als der Mord selber. Was beim Bürger, beim Durchschnittsmenschen als Zufall in Erscheinung trete, bei einem Unfall, oder als bloße Notwendigkeit der Natur, als Krankheit, als Verstopfung eines Blutgefäßes durch einen Embolus, als ein malignes Gewächs, trete hier als notwendiges, moralisches Resultat auf, erst hier vollende sich das Leben folgerichtig im Sinne eines Kunstwerkes, werde die menschliche Tragödie sichtbar, leuchte sie auf, nehme eine makellose Gestalt an, vollende sich (die andern: »Schluß! Schluß!«), ja man dürfe es ruhig aussprechen: Erst im Aktus der Urteilsverkündigung, der aus dem Angeklagten einen Verurteilten mache, vollziehe sich der Ritterschlag der Gerechtigkeit, nichts Höheres, Edleres, Größeres könne es geben, als wenn ein Mensch zum Tode verurteilt werde. Dies sei nun geschehen. Traps, dieser vielleicht nicht ganz legitime Glückspilz – da im Grunde nur eine bedingte Todesstrafe zulässig wäre, von der er aber absehen wolle, um ihrem lieben Freunde keine Enttäuschung zu bereiten –, kurz, Alfredo sei ihnen jetzt ebenbürtig und würdig geworden, in ihr Kollegium als ein Meisterspieler aufgenommen zu werden usw. (die andern: »Champagner her!«).

Der Abend hatte seinen Höhepunkt erreicht. Der Champagner schäumte, die Heiterkeit der Versammelten war ungetrübt, schwingend, brüderlich, auch der Verteidiger wieder eingesponnen in das Netz der Sympathie. Die Kerzen niedergebrannt, einige schon verglommen, draußen die erste Ahnung vom Morgen, von verblassenden Sternen, fernem Sonnenaufgang, Frische und Tau. Traps war begeistert, zugleich müde, verlangte nach seinem Zimmer geführt zu werden, taumelte von einer Brust zur andern. Man lallte nur noch, man war betrunken, gewaltige Räusche füllten den Salon, sinnlose Reden, Monologe, da keiner mehr dem andern zuhörte. Man roch nach Rotwein und Käse, strich dem Generalvertreter durch die Haare, liebkoste, küßte den Glücklichen, Müden, der wie ein Kind war im Kreise von Großvätern und Onkeln. Der Glatzköpfige, Schweigende brachte ihn nach oben. Mühselig ging es die Treppe hoch, auf allen vieren, in der Mitte blieben sie stecken, ineinander verwickelt, konnten nicht mehr weiter, kauerten auf den Stufen. Von oben, durch ein Fenster, fiel eine steinerne Morgendämmerung, vermischte sich mit dem Weiß der verputzten Wände, dazu, von außen, die ersten Geräusche des werdenden Tages, vom fernen Bahnhöfchen her Pfeifen und andere Rangiergeräusche als vage Erinnerungen an seine verpaßte Heimreise. Traps war glücklich, wunschlos wie noch nie in seinem Kleinbürgerleben. Blasse Bilder stiegen auf, ein Knabengesicht, wohl sein Jüngster, den er am meisten liebte, dann dämmerhaft, das Dörfchen, in welches er gelangt war infolge seiner Panne, das lichte Band der Straße, sich über eine kleine Erhöhung schwingend, der Bühl mit der Kirche, die mächtige rauschende Eiche mit den Eisenringen und den Stützen, die bewaldeten Hügel, endloser leuchtender Himmel dahinter, darüber, überall, unendlich. Doch da brach der Glatzköpfige zusammen, murmelte »will schlafen, will schlafen, bin müde, bin müde«, schlief dann auch wirklich ein, hörte nur noch, wie Traps nach oben kroch, später polterte ein Stuhl, der Glatzköpfige, Schweigsame wurde wach auf der Treppe, nur sekundenlang, noch voll von Träumen und Erinnerungen an versunkene Schrecken und Momente voll Grauens, dann war ein Wirrwarr von Beinen um ihn, den Schlafenden, denn die andern stiegen die Treppe herauf. Sie hatten, piepsend und krächzend, auf dem Tisch ein Pergament mit dem Todesurteil vollgekritzelt, ungemein rühmend gehalten, mit witzigen Wendungen, mit akademischen Phrasen, Latein und altem Deutsch, dann waren sie aufgebrochen, das Produkt dem schlafenden Generalvertreter auf das Bett zu legen, zur angenehmen Erinnerung an ihren Riesentrunk, wenn er des Morgens erwache. Draußen die Helligkeit, die Frühe, die ersten Vogelrufe grell und ungeduldig, und so kamen sie die Treppe herauf, trampelten über den Glatzköpfigen, Geborgenen. Einer hielt sich am andern, einer stützte sich auf den andern, wankend alle drei, nicht ohne Schwierigkeit, in der Wendung der Treppe besonders, wo Stockung, Rückzug, neues Vorrücken und Scheitern unvermeidlich waren. Endlich standen sie vor der Türe des Gastzimmers. Der Richter öffnete, doch erstarrte die feierliche Gruppe auf der Schwelle, der Staatsanwalt mit noch umgebundener Serviette: Im Fensterrahmen hing Traps, unbeweglich, eine dunkle Silhouette vor dem stumpfen Silber des Himmels, im schweren Duft der Rosen, so endgültig und so unbedingt, daß der Staatsanwalt, in dessen Monokel sich der immer mächtigere Morgen spiegelte, erst nach Luft schnappen mußte, bevor er, ratlos und traurig über seinen verlorenen Freund, recht schmerzlich ausrief: »Alfredo, mein guter Alfredo! Was hast du dir denn um Gotteswillen gedacht? Du verteufelst uns ja den schönsten Herrenabend!«

Anhang

Der ursprüngliche Schluß des ›Tunnels‹

»Und Sie« fragte der Vierundzwanzigjährige. »Ich bin der Zugführer« antwortete der andere, »auch habe ich immer ohne Hoffnung gelebt.« »Ohne Hoffnung« wiederholte der junge Mann, der nun geborgen auf der Glasscheibe des Führerstandes lag, das Gesicht über den Abgrund gepreßt. »Da saßen wir noch in unseren Abteilen und wußten nicht, daß schon alles verloren war« dachte er. »Noch hatte sich nichts verändert, wie es uns schien, doch schon hatte uns der Schacht nach der Tiefe zu aufgenommen, und so rasen wir denn wie die Rotte Korah in unseren Abgrund.« Er müsse nun zurück, schrie der Zugführer, »in den Wagen wird die Panik ausgebrochen sein. Alles wird sich nach hinten drängen.« »Gewiß« antwortete der Vierundzwanzigjährige und dachte an den dicken Schachspieler und an das Mädchen mit seinem Roman und dem roten Haar. Er reichte dem Zugführer seine übrigen Schachteln Ormond Brasil 10. »Nehmen Sie« sagte er, »Sie werden Ihre Brasil beim Hinüberklettern doch wieder verlieren.« Ob er denn nicht zurückkomme, fragte der Zugführer, der sich aufgerichtet hatte und mühsam den Trichter des Korridors hinaufzukriechen begann. Der junge Mann sah nach den sinnlosen Instrumenten, nach diesen lächerlichen Hebeln und Schaltern, die ihn im gleißenden Licht der Kabine silbern umgaben. »Zweihundertzehn« sagte er. »Ich glaube nicht, daß Sie es bei dieser Geschwindigkeit schaffen, hinaufzukommen in die Wagen über uns.« »Es ist meine Pflicht« schrie der Zugführer. »Gewiß« antwortete der Vierundzwanzigjährige, ohne seinen Kopf nach dem sinnlosen Unternehmen des Zugführers zu wenden. »Ich muß es wenigstens versuchen« schrie der Zugführer noch einmal, nun schon weit oben im Korridor, sich mit Ellbogen und

Schenkeln gegen die Metallwände stemmend, doch wie sich die Maschine weiterhinabsenkte, um nun in fürchterlichem Sturz dem Innern der Erde entgegenzurasen, diesem Ziel aller Dinge zu, so daß der Zugführer in seinem Schacht direkt über dem Vierundzwanzigjährigen hing, der am Grunde der Maschine auf dem silbernen Fenster des Führerraumes lag, das Gesicht nach unten, ließ seine Kraft nach. Der Zugführer stürzte auf das Schaltbrett und kam blutüberströmt neben den jungen Mann zu liegen, dessen Schultern er umklammerte. »Was sollen wir tun?« schrie der Zugführer durch das Tosen der ihnen entgegenschnellenden Tunnelwände hindurch dem Vierundzwanzigjährigen ins Ohr, der mit seinem fetten Leib, der jetzt nutzlos war, und nicht mehr schützte, unbeweglich auf der ihn vom Abgrund trennenden Scheibe ruhte, und durch sie hindurch den Abgrund gierig in seine nun zum ersten Mal weit geöffneten Augen sog. »Was sollen wir tun?« »Nichts« antwortete der andere unbarmherzig, ohne sein Gesicht vom tödlichen Schauspiel abzuwenden, doch nicht ohne eine gespensterhafte Heiterkeit, von Glassplittern übersät, die von der zerbrochenen Schalttafel herstammten, während zwei Wattebüschel, durch irgendeinen Luftzug ergriffen, der nun plötzlich hereindrang (in der Scheibe zeigte sich ein erster Spalt) pfeilschnell nach oben in den Schacht über ihnen fegten. »Nichts. Gott ließ und fallen und so stürzen wir denn auf ihn zu.«

Friedrich Dürrenmatt im Diogenes Verlag

● Das dramatische Werk
in 17 Bänden:

Es steht geschrieben / Der Blinde
Frühe Stücke. detebe 250/1

Romulus der Große
Ungeschichtliche historische Komödie. Fassung 1980. detebe 250/2

Die Ehe des Herrn Mississippi
Komödie und Drehbuch. Fassung 1980. detebe 250/3

Ein Engel kommt nach Babylon
Fragmentarische Komödie. Fassung 1980. detebe 250/4

Der Besuch der alten Dame
Tragische Komödie. Fassung 1980. detebe 250/5

Frank der Fünfte
Komödie einer Privatbank. Fassung 1980. detebe 250/6

Die Physiker
Komödie. Fassung 1980. detebe 250/7

Herkules und der Stall des Augias
Der Prozeß um des Esels Schatten
Griechische Stücke. Fassung 1980. detebe 250/8

Der Meteor / Dichterdämmerung
Nobelpreisträgerstücke. Fassung 1980. detebe 250/9

Die Wiedertäufer
Komödie. Fassung 1980. detebe 250/10

König Johann / Titus Andronicus
Shakespeare-Umarbeitungen. detebe 250/11

Play Strindberg / Porträt eines Planeten
Übungsstücke für Schauspieler. detebe 250/12

Urfaust / Woyzeck
Bearbeitungen. detebe 250/13

Der Mitmacher
Ein Komplex. detebe 250/14

Die Frist
Komödie. Fassung 1980. detebe 250/15

Die Panne
Hörspiel und Komödie. detebe 250/16

Nächtliches Gespräch mit einem verachteten Menschen / Stranitzky und der Nationalheld / Das Unternehmen der Wega
Hörspiele und Kabarett. detebe 250/17

● Das Prosawerk
in 12 Bänden:

Aus den Papieren eines Wärters
Frühe Prosa. detebe 250/18

Der Richter und sein Henker
Der Verdacht
Kriminalromane. detebe 250/19

Der Hund / Der Tunnel / Die Panne
Erzählungen. detebe 250/20

Grieche sucht Griechin / Mr. X macht Ferien / Nachrichten über den Stand des Zeitungswesens in der Steinzeit
Grotesken. detebe 250/21

Das Versprechen / Aufenthalt in einer kleinen Stadt
Ein Requiem auf den Kriminalroman und ein Fragment. detebe 250/22

Der Sturz / Abu Chanifa und Anan Ben David / Smithy / Das Sterben der Pythia
Erzählungen. detebe 250/23

Theater
Essays, Gedichte und Reden. detebe 250/24

Kritik
Kritiken und Zeichnungen. detebe 250/25

Literatur und Kunst
Essays, Gedichte und Reden. detebe 250/26

Philosophie und Naturwissenschaft
Essays, Gedichte und Reden. detebe 250/27

Politik
Essays, Gedichte und Reden. detebe 250/28

Zusammenhänge/Nachgedanken
Essay über Israel. detebe 250/29

Außerdem liegt vor:
Über Friedrich Dürrenmatt
Essays, Aufsätze, Zeugnisse und Rezensionen von Gottfried Benn bis Saul Bellow. Chronik und Bibliographie. Herausgegeben von Daniel Keel. detebe 250/30

● Das zeichnerische Werk

Bilder und Zeichnungen
Mit einer Einleitung von Manuel Gasser und Kommentaren des Künstlers. Diogenes Kunstbuch

Die Heimat im Plakat
Ein Buch für Schweizer Kinder. Zeichnungen. Mit einem Geleitwort des Künstlers. kunst-detebe 26

Lesebücher im Diogenes Verlag

Das Diogenes Lesebuch klassischer deutscher Erzähler
in drei Bänden: I. von Wieland bis Kleist, II. von Grimm bis Hauff, III. von Mörike bis Busch. Herausgegeben von Christian Strich und Fritz Eicken. detebe 208/1–3

Das Diogenes Lesebuch moderner deutscher Erzähler
in zwei Bänden: I. von Schnitzler bis Kästner, II. von Andersch bis Urs Widmer. Herausgegeben von Christian Strich und Fritz Eicken.

Das Diogenes Lesebuch amerikanischer Erzähler
Geschichten von Washington Irving bis Harold Brodkey. Bio-Bibliographie der Autoren und Literaturhinweise. Herausgegeben von Gerd Haffmans. detebe 117

Das Diogenes Lesebuch englischer Erzähler
Geschichten von Wilkie Collins bis Alan Sillitoe. Bio-Bibliographie der Autoren und Literaturhinweise. Herausgegeben von Gerd Haffmans. detebe 118

Das Diogenes Lesebuch irischer Erzähler
Geschichten von Joseph Sheridan Le Fanu bis Edna O'Brien. Bio-Bibliographie der Autoren und Literaturhinweise. Herausgegeben von Gerd Haffmans. detebe 119

Das Alfred Andersch Lesebuch
Herausgegeben von Gerd Haffmans. detebe 205

Das Erich Kästner Lesebuch
Herausgegeben von Christian Strich. detebe 157

Das Karl Kraus Lesebuch
Herausgegeben und mit einem Nachwort von Hans Wollschläger. detebe 219

Das George Orwell Lesebuch
Herausgegeben und mit einem Nachwort von Fritz Senn. detebe 228

Das Urs Widmer Lesebuch
Herausgegeben von Thomas Bodmer. Vorwort von H. C. Artmann. Nachwort von Hanns Grössel. detebe 221

Literarische Thriller im Diogenes Verlag

● Eric Ambler

Die Maske des Dimitrios
Roman. Deutsch von Mary Brand und Walter Hertenstein. detebe 75/1

Der Fall Deltschev
Roman. Deutsch von Mary Brand und Walter Hertenstein. detebe 75/2

Eine Art von Zorn
Roman. Deutsch von Susanne Feigl und Walter Hertenstein. detebe 75/3

Schirmers Erbschaft
Roman. Deutsch von Harry Reuss-Löwenstein, Th. A. Knust und Rudolf Barmettler. detebe 75/4

Die Angst reist mit
Roman. Deutsch von Walter Hertenstein. detebe 75/5

Der Levantiner
Roman. Deutsch von Tom Knoth. detebe 75/6

Waffenschmuggel
Roman. Deutsch von Tom Knoth. detebe 75/7

Topkapi
Roman. Deutsch von Elsbeth Herlin. detebe 75/8

Schmutzige Geschichte
Roman. Deutsch von Günter Eichel. detebe 75/9

Das Intercom-Komplott
Roman. Deutsch von Dietrich Stössel. detebe 75/10

Besuch bei Nacht
Roman. Deutsch von Wulf Teichmann. detebe 75/11

Der dunkle Grenzbezirk
Roman. Deutsch von Walter Hertenstein und Ute Haffmans. detebe 75/12

Ungewöhnliche Gefahr
Roman. Deutsch von Walter Hertenstein und Werner Morlang. detebe 75/13

Anlaß zur Unruhe
Roman. Deutsch von Franz Cavigelli. detebe 75/14

Nachruf auf einen Spion
Roman. Deutsch von Peter Fischer. detebe 75/15

Doktor Frigo
Roman. Deutsch von Tom Knoth. detebe 75/16

Bitte keine Rosen mehr
Roman. Deutsch von Tom Knoth. detebe 75/17

Über Eric Ambler
Herausgegeben von Gerd Haffmans. detebe 187

● John Buchan

Die neununddreißig Stufen
Roman. Deutsch von Marta Hackel. Mit Zeichnungen von Edward Gorey. detebe 93/1

Grünmantel
Roman. Deutsch von Marta Hackel. Mit Zeichnungen von Topor. detebe 93/2

Mr. Standfast oder Im Westen was Neues
Roman. Deutsch von Marta Hackel. Mit Zeichnungen von Topor. detebe 93/3

Die drei Geiseln
Roman. Deutsch von Marta Hackel. Mit Zeichnungen von Tatjana Hauptmann. detebe 93/4

Raymond Chandler

Der große Schlaf
Roman. Neu übersetzt von Gunar Ortlepp. debete 70/1

Die kleine Schwester
Roman. Neu übersetzt von W. E. Richartz. detebe 70/2

Das hohe Fenster
Roman. Neu übersetzt von Urs Widmer. detebe 70/3

Der lange Abschied
Roman. Neu übersetzt von Hans Wollschläger. detebe 70/4

Die simple Kunst des Mordes
Briefe, Essays, Fragmente. Herausgegeben von Dorothy Gardiner und Kathrine Sorley Walker. Neu übersetzt von Hans Wollschläger. detebe 70/5

Die Tote im See
Roman. Neu übersetzt von Hellmuth Karasek. detebe 70/6

Lebwohl, mein Liebling
Roman. Neu übersetzt von Wulf Teichmann. detebe 70/7

Playback
Roman. Neu übersetzt von Wulf Teichmann. detebe 70/8

Mord im Regen
Frühe Stories. Vorwort von Prof. Philip Durham. Neu übersetzt von Hans Wollschläger. detebe 70/9

Erpesser schießen nicht
Detektivstories I. Neu übersetzt von Hans Wollschläger. detebe 70/10

Der König in Gelb
Detektivstories II. Neu übersetzt von Hans Wollschläger. detebe 70/11

Gefahr ist mein Geschäft
Detektivstories III. Neu übersetzt von Hans Wollschläger. detebe 70/12

Englischer Sommer
3 Stories und Essays. Mit einer Erinnerung von John Houseman und dem Vorwort von Patricia Highsmith.
Diverse Übersetzer. detebe 70/13

Dashiell Hammett

Der Malteser Falke
Roman. Neu übersetzt von Peter Naujack. detebe 69/1

Rote Ernte
Roman. Neu übersetzt von Gunar Ortlepp. detebe 69/2

Der Fluch des Hauses Dain
Roman. Neu übersetzt von Wulf Teichmann. detebe 69/3

Der gläserne Schlüssel
Roman. Neu übersetzt von Hans Wollschläger. detebe 69/4

Der dünne Mann
Roman. Neu übersetzt von Tom Knoth. detebe 69/5

Das große Umlegen
Detektivgeschichten. Mit einem Vorwort von Lillian Hellman. Neu übersetzt von Helmut Degner, Hellmuth Karasek, Helmut Kossodo, Peter Naujack, W. E. Richartz, Harry Rowohlt u.a.
Ein Diogenes Sonderband

Detektiv bei Continental's
Der Detektivgeschichten zweite und letzte Folge. Mit einem Nachwort von Prof. Steven Marcus. Neu übersetzt von Wulf Teichmann. Ein Diogenes Sonderband

Patricia Highsmith

Der Junge, der Ripley folgte
Roman. Deutsch von Anne Uhde

Leise, leise im Wind
Erzählungen. Deutsch von Anne Uhde

Der Stümper
Roman. Deutsch von Barbara Bortfeldt. detebe 74/1

Zwei Fremde im Zug
Roman. Deutsch von Anne Uhde. detebe 74/2

Der Geschichtenerzähler
Roman. Deutsch von Anne Uhde. detebe 74/3

Der süße Wahn
Roman. Deutsch von Christian Spiel. detebe 74/4

Die zwei Gesichter des Januars
Roman. Deutsch von Anne Uhde. detebe 74/5

Der Schrei der Eule
Roman. Deutsch von Gisela Stege. detebe 74/6

Tiefe Wasser
Roman. Deutsch von Eva Gärtner und Anne Uhde. detebe 74/7

Die gläserne Zelle
Roman. Deutsch von Gisela Stege und Anne Uhde. detebe 74/8

Das Zittern des Fälschers
Roman. Deutsch von Anne Uhde. detebe 74/9

Lösegeld für einen Hund
Roman. Deutsch von Anne Uhde. detebe 74/10

Der talentierte Mr. Ripley
Roman. Deutsch von Barbara Bortfeldt. detebe 74/11

Ripley Under Ground
Roman. Deutsch von Anne Uhde. detebe 74/12

Ripley's Game
Roman. Deutsch von Anne Uhde. detebe 74/13

Der Schneckenforscher
Vorwort von Graham Greene. Deutsch von Anne Uhde. detebe 74/14

Ein Spiel für die Lebenden
Roman. Deutsch von Anne Uhde. detebe 74/15

Kleine Geschichten für Weiberfeinde
Deutsch von W. E Richartz. Mit Zeichnungen von Roland Topor. detebe 74/16

Kleine Mordgeschichten für Tierfreunde
Deutsch von Anne Uhde. detebe 74/17

Venedig kann sehr kalt sein
Roman. Deutsch von Anne Uhde. detebe 74/18

Ediths Tagebuch
Roman. Deutsch von Anne Uhde. detebe 74/19

● Ross Macdonald

Durchgebrannt
Roman. Deutsch von Helmut Degner

Geld kostet zuviel
Roman. Deutsch von Günter Eichel

Die Kehrseite des Dollars
Roman. Deutsch von Günter Eichel

Der Untergrundmann
Roman. Deutsch von Hubert Deymann

Dornröschen war ein schönes Kind
Roman. Deutsch von Wulf Teichmann. detebe 99/1

Unter Wasser stirbt man nicht
Roman. Deutsch von Hubert Deymann. detebe 99/2

Ein Grinsen aus Elfenbein
Roman. Deutsch von Charlotte Hamberger. detebe 99/3

Die Küste der Barbaren
Roman. Deutsch von Marianne Lipcowitz. detebe 99/4

Der Fall Galton
Roman. Deutsch von Egon Lothar Wensk. detebe 99/5

Gänsehaut
Roman. Deutsch von Gretel Friedmann. detebe 99/6

Der blaue Hammer
Roman. Deutsch von Peter Naujack. detebe 99/7

Sämtliche Detektivstories
Mit einem Vorwort des Autors. Deutsch von Hubert Deymann. Ein Diogenes Sonderband.

Margaret Millar

Liebe Mutter, es geht mir gut ...
Roman. Deutsch von Elizabeth Gilbert. detebe 98/1

Die Feindin
Roman. Deutsch von Elizabeth Gilbert. detebe 98/2

Fragt morgen nach mir
Roman. Deutsch von Anne Uhde. detebe 98/3

Ein Fremder liegt in meinem Grab
Roman. Deutsch von Elizabeth Gilbert. detebe 98/4

Die Süßholzraspler
Roman. Deutsch von Georg Kahn-Ackermann und Susanne Feigl. detebe 98/5

Von hier an wird's gefährlich
Roman. Deutsch von Fritz Güttinger. detebe 98/6

Georges Simenon

Betty / Die Tür
Zwei Romane in einem Sonderband. Deutsch von Raymond Regh und Linde Birk

Der Neger / Das blaue Zimmer
Zwei Romane in einem Sonderband. Deutsch von Linde Birk und Angela von Hagen

Maigret hat Angst / Maigret erlebt eine Niederlage
Zwei Romane in einem Sonderband. Deutsch von Elfriede Riegler

Maigret gerät in Wut / Maigret verteidigt sich
Zwei Romane in einem Sonderband. Deutsch von Wolfram Schäfer

Die Unbekannten im eigenen Haus
Roman. Deutsch von Gerda Scheffel

Der Ausbrecher
Roman. Deutsch von Erika Tophoven-Schöningh

Wellenschlag
Roman. Deutsch von Eugen Helmlé

Zum weißen Roß
Roman. Deutsch von Trude Fein

Brief an meinen Richter
Roman. Deutsch von Hansjürgen Wille und Barbara Klau. detebe 135/1

Der Schnee war schmutzig
Roman. Deutsch von Willi A. Koch. detebe 135/2

Die grünen Fensterläden
Roman. Deutsch von Alfred Günther. detebe 135/3

Im Falle eines Unfalls
Roman. Deutsch von Hansjürgen Wille und Barbara Klau. detebe 135/4

Sonntag
Roman. Deutsch von Hansjürgen Wille und Barbara Klau. detebe 135/5

Bellas Tod
Roman. Deutsch von Elisabeth Serelmann-Küchler. detebe 135/6

Der Mann mit dem kleinen Hund
Roman. Deutsch von Stefanie Weiss. detebe 135/7

Drei Zimmer in Manhattan
Roman. Deutsch von Linde Birk. detebe 135/8

Die Großmutter
Roman. Deutsch von Linde Birk. detebe 135/9

Der kleine Mann von Archangelsk
Roman. Deutsch von Alfred Kuoni. detebe 135/10

Der große Bob
Roman. Deutsch von Linde Birk. detebe 135/11

Die Wahrheit über Bébé Donge
Roman. Deutsch von Renate Nickel. detebe 135/12

Tropenkoller
Roman. Deutsch von Annerose Melter.
detebe 135/13

Ankunft Allerheiligen
Roman. Deutsch von Eugen Helmlé.
detebe 135/14

Der Präsident
Roman. Deutsch von Renate Nickel.
detebe 135/15

Der kleine Heilige
Roman. Deutsch von Trude Fein.
detebe 135/16

Der Outlaw
Roman. Deutsch von Liselotte Julius.
detebe 135/17

Die Glocken von Bicêtre
Roman. Deutsch von Hansjürgen Wille und Barbara Klau. detebe 135/18

Der Verdächtige
Roman. Deutsch von Eugen Helmlé.
detebe 135/19

Die Verlobung des Monsieur Hire
Roman. Deutsch von Linde Birk.
detebe 135/20

Der Mörder
Roman. Deutsch von Lothar Baier.
detebe 135/21

Die Zeugen
Roman. Deutsch von Anneliese Botond.
detebe 135/22

Die Komplizen
Roman. Deutsch von Stefanie Weiss.
detebe 135/23

Maigrets erste Untersuchung
Roman. Deutsch von Roswitha Plancherel.
detebe 155/1

Maigret und Pietr der Lette
Roman. Deutsch von Wolfram Schäfer.
detebe 155/2

Maigret und die alte Dame
Roman. Deutsch von Renate Nickel.
detebe 155/3

Maigret und der Mann auf der Bank
Roman. Deutsch von Annerose Melter.
detebe 155/4

Maigret und der Minister
Roman. Deutsch von Annerose Melter.
detebe 155/5

Mein Freund Maigret
Roman. Deutsch von Annerose Melter.
detebe 155/6

Maigrets Memoiren
Roman. Deutsch von Roswitha Plancherel.
detebe 155/7

Maigret und die junge Tote
Roman. Deutsch von Raymond Regh.
detebe 155/8

Maigret amüsiert sich
Roman. Deutsch von Renate Nickel.
detebe 155/9

Hier irrt Maigret
Roman. Deutsch von Renate Nickel.
detebe 155/10

Maigret und der gelbe Hund
Roman. Deutsch von Raymond Regh.
detebe 155/11

Maigret vor dem Schwurgericht
Roman. Deutsch von Wolfram Schäfer.
detebe 155/12

Maigret als möblierter Herr
Roman. Deutsch von Wolfram Schäfer.
detebe 155/13

Madame Maigrets Freundin
Roman. Deutsch von Roswitha Plancherel.
detebe 155/14

Maigret kämpft um den Kopf eines Mannes
Roman. Deutsch von Roswitha Plancherel.
detebe 155/15

Maigret und die kopflose Leiche
Roman. Deutsch von Wolfram Schäfer.
detebe 155/16

Maigret und die widerspenstigen Zeugen
Roman. Deutsch von Wolfram Schäfer. detebe 155/17

Maigret am Treffen der Neufundlandfahrer
Roman. Deutsch von Annerose Melter. detebe 155/18

Maigret bei den Flamen
Roman. Deutsch von Claus Sprick. detebe 155/19

Maigret und die Bohnenstange
Roman. Deutsch von Guy Montag. detebe 155/20

Maigret und das Verbrechen in Holland
Roman. Deutsch von Renate Nickel. detebe 155/21

● **Henry Slesar**

Das graue distinguierte Leichentuch
Roman. Deutsch von Paul Baudisch und Thomas Bodmer. Ausgezeichnet mit dem Edgar-Allan-Poe-Preis. detebe 77/1

Vorhang auf, wir spielen Mord!
Roman. Deutsch von Thomas Schlück. detebe 77/2

Erlesene Verbrechen und makellose Morde
Geschichten. Deutsch von Günter Eichel und Peter Naujack. Vorwort von Alfred Hitchcock. Zeichnungen von Tomi Ungerer. detebe 77/3

Ein Bündel Geschichten für lüsterne Leser
Deutsch von Günter Eichel. Einleitung von Alfred Hitchcock. Zeichnungen von Tomi Ungerer. detebe 77/4

Hinter der Tür
Roman. Deutsch von Thomas Schlück. detebe 77/5

Aktion Löwenbrücke
Roman. Deutsch von Günter Eichel. detebe 77/6

Ruby Martinson
Geschichten vom größten erfolglosen Verbrecher der Welt. Deutsch von Helmut Degner

Schlimme Geschichten für schlaue Leser
Deutsch von Thomas Schlück. Sonderband.

Neue deutsche Literatur im Diogenes Verlag

Alfred Andersch

Die Kirschen der Freiheit. Bericht. detebe 1/1
Sansibar oder der letzte Grund. Roman. detebe 1/2
Hörspiele. detebe 1/3
Geister und Leute. Geschichten. detebe 1/4
Die Rote. Roman. detebe 1/5
Ein Liebhaber des Halbschattens. Erzählungen. detebe 1/6
Efraim. Roman. detebe 1/7
Mein Verschwinden in Providence. Erzählungen. detebe 1/8
Winterspelt. Roman. detebe 1/9
Aus einem römischen Winter. Reisebilder. detebe 1/10
Die Blindheit des Kunstwerks. Essays. detebe 1/11
Ein neuer Scheiterhaufen für alte Ketzer. Kritiken. detebe 1/12
Öffentlicher Brief an einen sowjetischen Schriftsteller, das Überholte betreffend. Essays. detebe 1/13
Neue Hörspiele. detebe 1/14
Einige Zeichnungen. Graphische Thesen. detebe 151
empört euch der himmel ist blau. Gedichte
Wanderungen im Norden. Reisebericht
Hohe Breitengrade oder Nachrichten von der Grenze. Reisebericht
Der Vater eines Mörders. Erzählung
Das Alfred Andersch Lesebuch. detebe 205

Als Ergänzungsband liegt vor:
Über Alfred Andersch. detebe 53

Rainer Brambach

Für sechs Tassen Kaffee. Erzählungen. detebe 161
Kneipenlieder. Mit Frank Geerk und Tomi Ungerer
Wirf eine Münze auf. Gedichte
Moderne deutsche Liebesgedichte. Von Stefan George bis zur Gegenwart. detebe 216

Karlheinz Braun und Peter Iden (Hrsg.)

Neues deutsches Theater. Stücke von Handke und Wondratschek. detebe 18

Friedrich Dürrenmatt

Das dramatische Werk:
Es steht geschrieben / Der Blinde. Frühe Stücke. detebe 250/1
Romulus der Große. Ungeschichtliche historische Komödie. Fassung 1980. detebe 250/2
Die Ehe des Herrn Mississippi. Komödie und Drehbuch. Fassung 1980. detebe 250/3
Ein Engel kommt nach Babylon. Fragmentarische Komödie. Fassung 1980. detebe 250/4
Der Besuch der alten Dame. Tragische Komödie. Fassung 1980. detebe 250/5
Frank der Fünfte. Komödie einer Privatbank. Fassung 1980. detebe 250/6
Die Physiker. Komödie. Fassung 1980. detebe 250/7
Herkules und der Stall des Augias
Der Prozeß um des Esels Schatten. Griechische Stücke. Fassung 1980. detebe 250/8
Der Meteor / Dichterdämmerung. Nobelpreisträgerstücke. Fassung 1980. detebe 250/9
Die Wiedertäufer. Komödie. Fassung 1980. detebe 250/10
König Johann / Titus Andronicus. Shakespeare-Umarbeitungen. detebe 250/11
Play Strindberg / Porträt eines Planeten. Übungsstücke für Schauspieler. detebe 250/12
Urfaust / Woyzeck. Bearbeitungen. detebe 250/13
Der Mitmacher. Ein Komplex. detebe 250/14
Die Frist. Komödie. Fassung 1980. detebe 250/15
Die Panne. Hörspiel und Komödie. detebe 250/16
Nächtliches Gespräch mit einem verachteten Menschen / Stranitzky und der Nationalheld / Das Unternehmen der Wega. Hörspiele. detebe 250/17

Das Prosawerk:
Aus den Papieren eines Wärters. Frühe Prosa. detebe 250/18
Der Richter und sein Henker / Der Verdacht. Kriminalromane. detebe 250/19
Der Hund / Der Tunnel / Die Panne. Erzählungen. detebe 250/20

Grieche sucht Griechin / Mr. X macht Ferien. Grotesken. detebe 250/21
Das Versprechen / Aufenthalt in einer kleinen Stadt. Erzählungen. detebe 250/22
Der Sturz. Erzählungen. detebe 250/23
Theater. Essays, Gedichte und Reden. detebe 250/24
Kritik. Kritiken und Zeichnungen. detebe 250/25
Literatur und Kunst. Essays, Gedichte und Reden. detebe 250/26
Philosophie und Naturwissenschaft. Essays, Gedichte und Reden. detebe 250/27
Politik. Essays, Gedichte und Reden. detebe 250/28
Zusammenhänge. Essay über Israel. debete 250/29

Als Ergänzungsband liegt vor:
Über Friedrich Dürrenmatt. detebe 250/30

● Herbert Eisenreich

Die Freunde meiner Frau. Erzählungen. detebe 172

● Heidi Frommann

Innerlich und außer sich. Bericht aus der Studienzeit

● Otto Jägersberg

Cosa Nostra. Stücke. detebe 22/1
Weihrauch und Pumpernickel. Ein westpfählisches Sittenbild. detebe 22/2
Nette Leute. Roman. detebe 22/3
Der letzte Biß. Erzählungen. detebe 22/4
Land. Ein Lehrstück. detebe 180/1
Seniorenschweiz. Ein Lehrstück. detebe 180/3
Der industrialisierte Romantiker. Ein Lehrstück. detebe 180/4

● Hermann Kinder

Der Schleiftrog. Roman. detebe 206
Du mußt nur die Laufrichtung ändern. Erzählung. detebe 177
Vom Schweinemut der Zeit. Roman

● Jürgen Lodemann

Anita Drögemöller und Die Ruhe an der Ruhr. Roman. detebe 121
Lynch und Das Glück im Mittelalter. Roman. detebe 222
Familien-Ferien im Wilden Westen. Ein Reisetagebuch. detebe 176
Im Deutschen Urwald. Essays, Aufsätze, Erzählungen

● Fanny Morweiser

Lalu lalula, arme kleine Ophelia. Erzählung. detebe 183/1
La vie en rose. Roman. detebe 183/2
Indianer-Leo. Geschichten. detebe 183/3
Ein Sommer in Davids Haus. Roman
Die Kürbisdame. Kleinstadt-Trilogie

● Walter E. Richartz

Meine vielversprechenden Aussichten. Erzählungen
Prüfungen eines braven Sohnes. Erzählung
Der Aussteiger. Prosa
Reiters Westliche Wissenschaft. Roman
Tod den Ärtzten. Roman. detebe 26
Noface – Nimm was du brauchst. Roman. detebe 227
Büroroman. detebe 175
Das Leben als Umweg. Erzählungen. detebe 116
Shakespeare's Geschichten. detebe 220/1
Vorwärts ins Paradies. Essays. detebe 162

● Herbert Rosendorfer

Über das Küssen der Erde. Prosa. detebe 10/1
Der Ruinenbaumeister. Roman. detebe 10/2
Skaumo. Erzählung. detebe 10/3

● Walter Vogt

Husten. Erzählungen. detebe 182/1
Wüthrich. Roman. detebe 182/2
Melancholie. Erzählungen. detebe 182/3

● Urs Widmer

Alois. Erzählung
Die Amsel im Regen im Garten. Erzählung
Vom Fenster meines Hauses aus. Prosa
Das Normale und die Sehnsucht. Essays und Geschichten. detebe 39/1
Die lange Nacht der Detektive. Ein Stück. detebe 39/2
Die Forschungsreise. Roman. detebe 39/3
Schweizer Geschichten. detebe 39/4
Nepal. Ein Stück. detebe 39/5
Die gelben Männer. Roman. detebe 39/6
Züst oder die Aufschneider. Ein Traumspiel. detebe 39/7
Shakespeare's Geschichten. detebe 220/2
Das Urs Widmer Lesebuch. detebe 221

● Hans Wollschläger

Die bewaffneten Wallfahrten gen Jerusalem. Geschichte der Kreuzzüge. detebe 48
Karl May. Eine Biographie. detebe 112
Die Gegenwart einer Illusion. Essays. detebe 113

In Vorbereitung:
Herzgewächse oder Der Fall Adams. Roman.

● Das Diogenes Lesebuch moderner deutscher Erzähler

Band I: Geschichten von Arthur Schnitzler bis Erich Kästner. detebe 208/4
Band II: Geschichten von Andersch bis Kinder. Mit einem Nachwort von Fritz Eicken ›Über die Verhunzung der deutschen Literatur im Deutschunterricht‹. detebe 208/5